青少年
处世智慧丛书

青少年
处世智慧

巧妙处世——
说话办事亦可化为艺术

智慧做人——
懂得变通方能心想事成

生活中
赞美的艺术

罗莎 门淑敏
编著

赞美是生活中的一缕阳光 口头赞美七要领

分清对象，对不同人用不同的赞美方式

怀有敌意的人更需要赞美 赞美不怕张扬

……

中国时代经济出版社

前 言

　　人生的每一个台阶上，都包含着理性的修炼、自我成长的跨越、对人性心理的理解、灵活而多维的思维方式以及现实社会中的处世原则。对于青少年来讲，如何去走好自己的每一个台阶？如何更好地为自己日后的发展奠定一个好的基础？这些问题需要我们认真地对待。笼统地提出一个处世态度或解决原则无疑是起不到作用的，我们必须具体问题具体对待，比如冒犯了他人，我们该怎样说道歉的话？别人做了件好事，我们去赞美，结果却招致反感，怎么办？朋友托自己办一件根本不可能办到的事怎么办？这些细小琐碎的问题无时无刻不出现在我们青少年朋友的生活里，缠绕并困惑着他们。

　　鉴于此，我们编辑了这套《青少年处世智慧丛书》，按事件的性质类别，分四本书将青少年生活中所碰到的难题进行归类总结，并以技巧的形式传授给大家。四本书包括：《生活中道歉的艺术》《生活中拒绝的艺术》《生活中批评的艺术》《生活中赞美的艺术》。每本书围绕一个问题，以介绍方法技巧为主，配以通俗事例，并以简单易懂的语言对事例理性提炼。所选事例大多是青少年朋友所熟悉或与青少年朋友生活学习息息相关的，使青少年朋友看完即有所感，能总结经验，为己所用。

　　《生活中道歉的艺术》旨在帮助青少年朋友学会向他人道歉。古语云：人非圣贤，孰能无过？在青少年的人际交往中，倘若自己的言行有失礼不当之处，或是打扰、麻烦、妨碍了别人，最聪明的方法，就是及时向对方道歉。道歉的好处在于，它可以冰释前嫌，消除他人对自己的恶感，也可以防患于未然，为自己留住知己，赢得朋友。但是，道歉不仅仅只是说句"对不起"，如果道歉的方式欠妥，反而会错上加错，甚至会造成不堪设想的严重后果。所以，青少年朋友们必须掌握道歉的艺术，用该书中所讲述的各种方法去因人、因事解决问题，化解矛盾。

人生就像是在完成上帝出给我们的试卷，在这张试卷里出现的是一道道的双项选择题。对一个选项的肯定，就是对另一个答案的否定。要选择一个答案，就要勇敢地对具有诱惑性的另一个选择say no! 那么，如何去说"不"呢？《生活中拒绝的艺术》一书给我们介绍了三十七种行之有效的拒绝方法，每一个拒绝方法里都配有事例，这些事例都是青少年朋友们日常生活和学习中经常碰到的，可以参照处理。

再完美的人都会有犯错的时候，对犯了错误的朋友提出合理的批评和建议是应该的，但对于大多数青少年朋友而言，要想做到合理的批评并不是一件轻松的事情，他们经常会感到无所适从。《生活中批评的艺术》一书结合了四十多个中国古代著名的历史小故事和国外一些经典案例，分析不同方式方法的批评艺术以及这些批评艺术所带来的正面效果，帮助青少年朋友们灵活处理生活中所遇到的难题。

《生活中赞美的艺术》一书旨在教会青少年如何发挥自己的语言潜力，运用赞美的技巧，在人际交往的过程中有效地接近与他人之间的心理距离，使彼此迅速地产生沟通的愿望。美国有一位心理学家指出："渴望被人赏识是人最基本的天性。"既然渴望赞美是人的一种天性，那我们就应该在平常的生活和学习中掌握好这一智慧，这无疑对我们以后的发展大有好处。

智慧是一切力量中最强大的力量。学会并拥有处世智慧是青少年朋友们生存于世的真正法宝。相信我们精心编辑的《青少年处世智慧丛书》会让你更好地做人，更好地处世！

编者

2009年5月

青少年**处世智慧**丛书

生活中
赞美的艺术

目录

Contents

赞美是生活中的
一缕阳光

赞美之于人心，如阳光之于万物。在我们的生活中，人人需要赞美，人人喜欢赞美。这绝不是虚荣心的表现，而是渴求上进，寻求理解、支持与鼓励的表现。

爱听赞美，出于人的自尊需要，是一种正常的心理需要。人们总是自觉不自觉地在他人那里寻找自身存在的价值，其内心深处都有被重视、被肯定、被尊敬的渴望。当这种渴望实现时，人的许多潜能和真善美的情感便会被奇迹般地激发出来。

一句鼓励的话语，一阵赞赏的掌声，都会使一颗疲惫的、困顿的心灵感受到一缕阳光般的温暖。经常听到真诚的赞美，明白自身的价值获得了社会的肯定，有助于增强自尊心、自信心。

有的人吝惜赞美，很难赏赐别人一句赞美的话，他们不懂得，多正面引导，多表扬鼓励，是思想教育工作的一条规律。予人以真诚的赞美，体现了对人的尊重、期望与信任，并有助于增进彼此间的了解和友谊，是协调人际关系的好办法。

人人皆有可赞美之处，只不过长处和优点有大有小、有多有少、有隐有显罢了。只要你细心，就随时能发现别人身上可赞美的"闪光点"。即使缺点较多或长期处于消极状态的人，只要稍有改正缺点、要求上进的可喜苗头，就应及时给予肯定、赞扬。

赞美他人时，不论赞美的对象是什么——婀娜的体态，鼓舞人心的演讲，还是美味佳肴——赞美本身都是对我们的选择和努力的一种承认，都让我们感到振奋、感到荣幸。赞美是一份双向礼物，给予者和接受者可以同时感受到它的魅力。赞美之词用于人际交往总能收到良好效果，只要它是真诚的、恰当的。

有的人总是春风满面，把你的这一感觉告诉他；有的人办事效率特别高，也让他知道这一点。赞美能融化陌生人之间的坚冰，能减轻压力、振奋精神、巩固关系。在合适的时间说贴心的话能激发斗志，能安慰和鼓舞人心，这是一种对人的奖励和承认。

赞美和奉承不同。奉承总是言不由衷的，而且总会过分夸张。过度的赞美令人厌烦，让人感觉赞美者是别有所图。

赞美他人时要有诚心，如果你赞美别人只是因为你想讨个好，那就不好。虚情假意很容易被人识破，让人对你失去信任。所以，如果午宴上的那位发言人讲得很差，就不要对她的演讲发表评论。你可以谈论她为此所付出的努力，感谢她抽空参加这次活动，赞扬她其他方面的成绩。

有针对性的赞美胜过一句概括而又空泛的"干得不错"。比如，当你品尝了别人为你准备的晚餐后，"那个沙锅菜真好吃"比说"你的烹饪技术真不错"要好得多。当别人送你一本书时，"这本参考书包括了我们物理复习中所遇到的所有题型，对我的帮助真的太大了"比说"这本书很好"要好得多。

另外，在赞美他人时不要妄加比较，永远不要随便拿一个人的成绩和另一个人的相比，因为这样做很容易刺伤别人。

赞美有助于建立亲切友善的人际关系。它有助于形成肯定心理，你经常赞美别人就会多看到别人的好处而对他们报以好感，进而自然形成了积极乐观的人生态度。被别人赞扬，赞扬的可能是我们第一次认识到的自己的某个优点。从此，我们加倍努力加以发扬光大，以至某些缺点无地自容而自然消失。父母经常赞美孩子，家庭气氛和睦、欢乐，领导经常赞美下级，职工的积极性、创造性不断被激发，被调动。

当然，我们在赞美别人的同时要注意场合，并且要把握好分寸，使人觉得你不是故意吹捧，你所赞美的不是溢美之词。只有这样才能达到我们的本意。

生活和工作总是容易使人感到乏味、枯燥，使人心情糟糕，如果你能在一成不变的环境中加点"调味"，相信会使你的生活变得更有吸引力。比如：一句由衷的赞美或一句得体的建议，都会让他人感觉到你对他的重视，无形中增加对你的好感。

一个女孩子剪了一个新发型，她非常的不满意，几乎和理发师当场吵起来。当她极其不安地到了和朋友的聚会地时，朋友们都齐声称赞她发型的清爽和简洁。女孩在这一片赞美声之中，原来的怨气一股脑儿全消了，心情变得大好，随后几天做起事情来都非常顺利。

别人对待你的方式，大部分取决于你对他们的态度。有的人总是抱怨他人对自己不热情、不友好，其实他应该先反省一下自己，自己对待他人的态度如何呢？这就像面对镜子，如果镜子中的形象令你不悦，原因一定是你的脸上表现出了不悦。想要别人如何待你，你就先如何待别人。一个热情友好的赞许，就能换取对方同样的态度，从而为相互沟通大开"绿灯"。

美国著名心理学家威廉·詹姆斯说："人类最深切的需求就是渴望得到他人的欣赏。"我们和朋友、同学、同事交流时如果能经常使用一些肯定和赞美的语言，就会让对方感觉到自己存在的价值，感到自己正被人欣赏和接纳，就能营造出一种友善的、坦诚沟通的氛围。我们在这样的氛围里和人交流，就能获得很好的效果。

生命就像一种回声，你送出去什么，它就送回什么；你播种什么，就收获什么；你给予什么，就得到什么。让我们用我们真诚的心去赞美亲人、赞美朋友、赞美同事、赞美客户，赞美每一个我们身边的人，相信我们一定能收获更多的友谊和成功，我们的生活会更加美好！

 **赞美的奇妙作用**

世界著名心理学家史京纳以他的实验证明，在学习方面，一只有良好行为就得到奖励的动物，要比一只因行为不良就受到处罚的动物学得快得多，而且更能够记住它所学的。进一步研究显示，人类也有着同样的情形。我们用批评的方式，并不能够使别人产生永久的改变，反而常常引起愤恨。

人性最深切的渴望就是获得他人的赞赏，这是人类有别于其他动物的地方。美国总统林肯曾说过：每一个人都喜欢人家的赞美。赞美的确有着不可言说的奇妙作用。

首先，赞美能满足他人人性的饥渴。

在此，我们举一个生活中发生过的真实案例。在美国芝加哥发生过这样一个案例：有位丈夫掐死了他的妻子，原因是他对妻子畅谈白天所发生的得意事时，发现妻子竟然睡着了，他感到异常恼怒，失手就将妻子掐死了。这说明人对被尊重、被赏识的渴望是何等强烈。

一个饥饿的人向人们乞讨，人们会给予同情，而一个人需要被人尊重、被人赏识，这种精神饥饿却往往被人们忽视。

其实，每个人都需要被尊重、被赏识，这是人性的饥渴，就连孩子也一样。每一位做过父亲或母亲的人都有过这样的体会，当孩子不被大人重视时，他也许会用调皮捣蛋来引起大人的注意。当孩子有一点点进步，大人就表扬他，他会兴奋不已。所以说，满足他人人性的饥渴是一种乐善好施的行为，而赞美别人正是满足人对被尊重、对被赏识的渴望。

其次，赞美是激励他人的最佳动力。

心理学家曾找了两组小孩做实验：首先让他们长跑消耗体能，然后，一组小孩被批评，另一组受表扬，结果马上检验体能时，发现被批评的那组小孩像泄了气的皮球，更没力了，而受表扬的那组小孩全都兴奋得小脸红彤彤的，体能迅速恢复。

知道我们是怎么学走路的吧？也许大家都不记得了，但是如果我们注意观察就会发现，那些摇摇晃晃学走路的孩子，只摇晃了那么两步，父母就赶紧过去抱起他，亲他，表达的是"你真了不起，你真可爱"，于是，下次小孩就能走得更远，父母又兴高采烈地过去美滋滋地拍拍小孩，这样小孩终于能直立行走，有的甚至成为竞走冠军，长跑健将。这就是赞美的力量。

往往我们赞美什么，就增加什么。有效的赞美甚至能改变人的一生。

美国著名教育家巴士卡里雅曾宣称："把最差的学生给我，只要不是白痴，我都能把他们培养成优等生。"他到底有何妙方呢？他的妙方就是运用赞扬激励。他首先了解学生的情况，针对学生的程度出考试题，让学生通过思考都能获得好成绩，有了进步后，再加大难度，使每个学生只要费点努力都能做出来，这样每一次的好成绩就是对每一个学生的最好的激励。学习的兴趣越来越高，干劲越来越大，可想而知，学习成绩越来越好。

还有一个这样的故事：意大利有个著名女高音歌唱家的传记中有这么一段精彩情节，说她少年时代就有歌唱天赋，被誉为少年之星，于是父亲为她请了一位罗马最负盛名、年轻有为的音乐教师。

这位音乐教师造诣非常高，她的一丝一毫错误都逃不脱他的耳朵，而教师对学生非常严，绝不放过她的任何一点错误，这位小姐为音乐教师超凡的才华所倾倒，渐渐爱上了他，因此每次面对音乐教师唱歌，她都很紧张，渐渐地她歌唱得越来越生硬，表现得越来越差。音乐厅开始很少请她唱歌了。几年后她与这位音乐教师结了婚，也就放弃了歌唱生涯。时光流逝，音乐教师不幸因车祸去世，岂料丈夫的不幸却成了她事业的转机。

有一天来了一位推销员，她正好在家唱歌赋闲。推销员夸赞说："你的歌唱得真好，我很少听到这种美妙的歌喉，你为什么不去音乐厅唱呢？"

"没人请。"她忧郁地说。

"怎么会呢，我可以推荐你去一家音乐厅。"推销员自告奋勇地说。

最后，她买了他的商品，他出于感激，也真的帮她联系了一家音乐厅。

演唱的那天，推销员叫了许多熟人朋友，坐在前排，她一唱完，他们就拼命鼓掌欢呼，他又及时献上鲜花。得到这么多人的鼓励，这位未来的歌唱家决定继续唱下去。

以后，每当她登台，推销员就必定坐在前排，掌声最热烈，还为她献上一束饱含情感的鲜花。

在他的真诚鼓励下，她又恢复了原来自然清新的歌喉，歌唱得越来越好，最后终于成为意大利著名女高音歌唱家。

这个故事告诉我们，一位有相当造诣的教师如果不懂得运用赞扬，也会让一位天才夭折；而一位音乐外行，因为善用赞美，却能造就一位天才。

再次，赞美是人际交往中的润滑剂。

一个人即使别的方面不强，但只要懂得了赞美的方法，在人际交往中也一定能如鱼得水。

人都希望永远年青，希望自己漂亮，希望自己有身份、地位，所以，有人说赞美人的八字真诀叫"见人减岁，逢物添价"，见到一个

人四十多岁，就问"你三十几了？"他回答："不止，四十多了。"你赶紧说："怎么会呢，看上去这么年轻，至多三十几岁！"别人听了多般高兴。逢物加价指的是满足别人的虚荣心理，比如，一个人买了一件二百多元的衣服，你就说"这衣服三百几啊？"对方说："没有，才二百多元。"你说："怎么会呢，这么好的一件衣服肯定要三百多元！"对方说："真的只要二百多元。"你再说"你真会买衣服，这么漂亮的衣服才花二百多元"，对方也一定满心欢喜。

就像上面讲的歌唱家的故事一样，推销员在赞美别人之后，再推销商品，一定是有效的，最起码也能拉近你与对方的距离。

有一本书写了这样一个故事：一个年轻的教师，有些不拘小节，时常会犯些小错误，有次校长正式下了一个通知，要这个年轻人去校长办公室，决定严肃地批评他。年轻人这下很紧张，他不想遭到校长的严肃批评，于是他设计了一番后，去了校长室，见校长板着面孔坐在那儿，就故意不看他，而装着打量他的办公室，说："到底是校长大人的办公室，就是不同。又有沙发，又有鲜花，布置得这么漂亮，不像我们办公室，来了客人，就几个硬板凳。"校长像没听见似的，仍板着面孔示意年轻人坐到他对面，年轻人过去后，也仍不看校长的脸，却在办公台上东看西瞧，然后指着台上的一张照片问校长，"嘿，这张照片拍得真漂亮！是黄山拍的吧？又有怪石，又有奇松，连流云都拍进来了，拍摄角度选得真好，我也在这里拍过照片，但换了很多角度，都拍得不理想。您怎么选出这样好的角度呢？"校长终于经不住年轻人不停地左夸赞、右表扬，说道："真拿你这家伙没办法，但你以后要注意，该随便时随便，该严肃时也要严肃，可不要老是不拘小节。"年轻人当然立即表示坚决改正。

本来一次严肃的批评，就因为运用了赞扬，年轻教师避免了尴尬，甚至还增强了校长对他的好感。所以说赞美是人际交往的润滑剂。

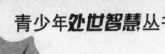

3 微笑是最方便的赞美方式

微笑可以在瞬间缩短人与人之间的心理距离，微笑可以说是人际交往的魔力开关，是人际交往成功的秘诀，它能散发凡人无法抵挡的魅力。同时，微笑又是人人都有的能力，是最方便的赞美方式。

如果你是个不善言辞的女人，那么请亮出你的微笑，这就是最动听的语言。拿破仑·希尔这样总结微笑的力量："真诚的微笑，其效用如同神奇的按钮，能立即接通他人友善的感情，因为它在告诉对方：我喜欢你，我愿意做你的朋友。同时也在说：我认为你也会喜欢我的。"

南方有一家公关公司的一位秘书小姐，大家都公认她公关素质非常优秀，当公司与人谈生意，双方为讨价还价陷入尴尬时，她就会出现，给每人倒一杯茶，微笑着说："做生意嘛，和气生财，这样吧，我们让点价。"于是一桩买卖成交了。

有一次，这位小姐与同事们一同外出开会，途经一服装店，上面挂的衣服吸引了她，她一看就喜欢，想买，可当时买衣服的人拥挤不堪，而时间又紧，要赶去开会，大家劝她开完会再买，可她说，开完会，这衣服不就卖完了？你们等一下，我一会儿就能把衣服买回来。果然，不到五分钟，她就把衣服买回来了，大家惊讶地问是否认识卖衣服的人，她说从不认识。那她是怎样买到的呢？其实很简单。大家想想看，买衣服时人很多，大家都怕买不到，因此脸上表情都很

焦急、难看，而这位小姐呢也不挤进去，只站在后面面对老板一笑："先生，请把这件衣服拿给我"，别人的表情都很难看，而唯有她对着老板笑，老板能不注意到她、卖衣服给她吗？这就是微笑的作用。

请人帮忙时带着微笑，别人难以拒绝你的请求；感谢别人时带着微笑，别人会加倍领受你的感激之情。心情郁闷时，微笑会解脱你的烦恼；开心得意时，微笑会使你更加愉快。所以我们每个人都应当充分使用我们与生俱来的秘密武器——微笑——利人利己，让事业有成，让生活更美好。

世界名模辛迪·克劳馥曾说过这样一句话："女人出门时若忘了化妆，最好的补救方法便是亮出你的微笑。"真诚的微笑透出的是宽容、善意、温柔、爱意，更是自信和力量。

微笑是一个了不起的表情，无论是你的客户还是你的朋友，甚至是陌生人，只要看到你的微笑，都不会拒绝你。微笑给这个生硬的世界带来了妩媚和温柔，也给人的心灵带来了阳光和感动。

有一位老太太年轻的时候就喜欢研究心理学，退休后，就和丈夫商量着开了一家心理咨询所。没想到，生意异常红火，每天来此的人络绎不绝，预约的号甚至排到了几个月以后。有人问她，她如此受欢迎的原因是什么。老太太说，其实很简单，他们夫妇的主要工作就是让每一位上门的咨询者经常操练一门功课：寻找微笑的理由。比如，在你下班的时候，你的爱人给你倒了一杯水；比如，下雨的时候，你收到家人发来的让你注意安全的信息；比如，在平常的日子里，你收到了一封朋友发来的写满祝福和思念的电子邮件；比如，在电梯门将要合拢时，有人按住按钮等你赶到；比如，清洁工在离你几步远的地方停下扫帚，而没有让你奔跑着躲避灰尘；比如，有人称赞你的新发型；比如，雨夜回家时发现门外那盏坏了很久的路灯今天亮了……诸如此类的生活细节，都可以作为微笑的理由，因为这是生活送给你的礼物。

那些按这对夫妇要求去做的人发现，几乎每天都能轻而易举地找到十来个微笑的理由。时间长了，夫妻间的感情裂痕开始弥合；与上司或同事的紧张关系趋向缓和；日子过得不如意的人也会憧憬起明天新的太阳。总之，他们付出的微笑，都有了意想不到的收获。美丽的笑容，犹如桃花初绽，涟漪乍起，给人以温馨甜美的感觉。如果你在各种场合能恰如其分地运用微笑，就可以传递情感，沟通心灵，甚至征服对手。

一位业绩卓著的女推销员，她推销的成功率高得让人不敢想象。她的秘诀其实很简单：在她每次敲开陌生人的门之前都对着随身携带的镜子微笑，当她觉得自己的笑容足够真诚时，才带着这样的微笑去敲门，客户就是因她这样永远不变的笑容而情不自禁地被她捕获。

微笑的力量非凡。它有助于缓解负面情绪，并有利于人们之间的交往。微笑能引发健康的情绪，减轻生活的紧张感与环境的束缚感，使你的生活变得快乐。在某种程度上，微笑可以衡量一个人对周围环境适应的尺度。

在社交场合，微笑就像一种润滑剂，聪明的女人比男人更善于利用它。有时候，争得面红耳赤或剑拔弩张的双方往往只需女人一个微笑、一个眼神或一句息事宁人的话语就能火气顿消，甚至握手言欢。

微笑似乎是上帝赋予人类的特权。丧失了什么也不要丧失笑容，那是对自己、他人和这世界的最美丽的祝福。请给朋友一个理解的微笑，请给帮助你的人一个感激的微笑，请给那些不幸的弱者一个鼓励的微笑……微笑，不用太多的巧言，你就是最美的，最受欢迎的！

当然，我们在微笑着赞美别人的同时，也一定要分辨清楚哪些微笑是善意的，哪些微笑是虚情假意，甚至笑里藏刀的。

笑里藏刀的特点是以表面上的友好、善良和美丽的言辞、举止作为假象，掩盖阴险毒辣的用心和企图。

有这样一则古代的故事：魏王送给楚王一位美人，楚王非常宠

爱。楚王的夫人郑袖知道楚王喜欢这位新来的美人，于是也装出十分喜爱这位美人的样子，待她犹如亲姐妹，无论是衣服玩物、居室卧具，都选最好的给她，甚至有时表现出爱她胜过爱楚王的意思。

看到这些，楚王对郑袖非常满意，他高兴地说："妇女侍候丈夫，是靠美色，有时妒忌，是因为爱情。现在郑袖知道寡人喜欢美人，于是爱她还胜过爱我。犹如教子之所以事亲，忠臣之所以事君啊！"郑袖一看时机已到，有一天便以很体贴关怀的口吻对那位美人说："大王对你的美赞叹不已，但有一点美中不足的是，他觉得你的鼻子不太漂亮，如果你以后和大王在一起时，略微掩饰一下子就好了。"于是，这位美人听从了郑袖的建议，每次一见到楚王，便用袖子掩住自己的鼻子。

楚王觉得奇怪，便问郑袖说："美人为什么见到我，总爱掩住鼻子呢？"

郑袖面有难色地说："我知道其中的原因，但是，我不能说出来。"楚王更加迷惑："有什么事，居然连我都不想告诉？"郑袖故意压低嗓子，凑近楚王说："她是讨厌大王身上的臭味。"楚王一听，气得七窍生烟，"太可恨了，把她的鼻子割掉，我不想再见到她了！"

可怜这位美人，至死都没有明白她遭此厄运的原因，是那位待自己亲如姐妹的郑袖的妒忌。最可怕的人，并不是面目凶恶的人，而是那些笑里藏刀的人。平时和你"甜哥哥""亲姐姐"地叫着，待到你放松戒备的时候，在暗处狠狠地捅你一刀。

微笑是最有力量的武器，它可以让你在人际交往中无往不胜，亦可以成为一把锋利的匕首，杀人于无形之中。

 **4** **口头赞美七要领**

口头称赞看似简单，人人可以不学而会，但是事实不然。如果赞美他人时，不知道把握其中的要领，便发挥不了它的效果。

口头赞美是一种日常生活中的艺术，是人际交往中的一种技术，可以通过学习掌握，口头赞美有七个要领：眼睛看着对方；身体靠近对方；面带微笑；动作姿势表现出赞许的样子；说出赞美的内容；赞美行为而非对方；在行为发生五秒内赞美。

第一，眼睛看着对方。

想要有效地赞美对方，你要先用眼睛看着对方。如果别人在称赞你的时候，眼睛却在看别的地方，你会有何感觉？这表示对方不是真心诚意地想赞美你。同样的道理，要让对方感受到你的真心诚意，感受到你很认真地，只针对着他赞美，你在赞美他的时候，眼睛一定要看着对方。眼睛看着对方的时候，不仅脸要朝着对方，整个身体也要面向对方，让对方确实知道你只对他一个人说话和赞美。

第二，身体靠近对方。

身体与你所要赞美的对方接近，会增强赞美的效力。心理学专家研究发现远距离的赞美和近距离的赞美会令人有不一样的感受。亲近的赞美让人开心，让人觉得很特别。即使是很普通的一句"谢谢你"，我们靠近一个人说和隔着房间说，给人的感觉就是很不一样的。为了有效地称赞对方，有人会时常不厌其烦地特地走一段路，去接近被赞美者，或者把对方拉近自己的身体。只有在身体靠近对方

时，所做的赞美才会有效。

第三，面带微笑。

当你在称赞他人的时候，一定要面带微笑，让言行能够一致。微笑使人感到亲切、舒服。如果我们赞美一个人的时候，面无表情，对方会怎么想？也许他会觉得很困惑。所以对他人的良好行为，表达真心诚意的赞美，便要面带微笑。面带微笑，加上许多的赞美，自然会增加口头赞美的效果。

第四，动作姿势表现赞许的样子。

身体语言，包括我们的面部表情，身体姿势、行为动作等，都会把我们的感情和意思传递给别人。有时候，一个赞美的动作胜于千言万语。例如，对表现良好行为的对方来一个拥抱，或拍拍他的肩膀等，可以发挥很大的奖励作用。对于他人的好意或帮助，你应该学会善于表达自己的感受，表达自己亲密和关爱的感情，不要经常道貌岸然，太威严而不可接近。因此，在赞美他人的时候，我们的动作姿势也要言行一致，例如，给对方一个拥抱，做出肯定的手势，跷起大拇指，或者把手臂放在对方的肩膀上等，这些都可以大大地增加赞美的效果。

第五，说出赞美的内容。

赞美即是对人说出许多好听的话。不过，使用口头赞美来奖励他人的良好行为，我们避免千篇一律地说"谢谢你"或"你是好人"。我们可用不同的话、不同的方式来赞美对方，而不会让人觉得你只是在说口头禅而已。还有，我们可以留意哪些赞美的话是最受用的。当别人称赞我们的时候，听到那些受用的称赞，可以记下来，用来赞美他人。

第六，赞美行为而非对方。

赞美一个人的时候，要赞美对方的行为，而非对方本人。对于对方本人，我们自然是要尊重和爱护。但赞美的目的，是要让对方清楚地知道，他是因为做了某一个行为而被赞美，因此鼓励他继续表现良好的行为。例如，当对方帮你抬重物上楼的时候，你可以这样说："小刘，你帮我将这么重的桌子抬上三楼真是帮了我一个大忙，太谢谢你了。"这就是赞美行为而非对方的例子。但是，如果我们说："小刘你真好，你真是个好人。"这便是在赞美对方本人而非对方的行为。

第七，在行为发生五秒钟内赞美。

研究指出，立即的回馈最有助于学习。同样的，在对方表现良好行为之后，马上给予口头赞美是最有效的时机，将可以奖励对方继续表现良好的行为。这一点对于小一点的孩子最有效。我们平常要多多留意身边人表现良好的行为，并且立即给予赞美，这样的赞美效果最好。赞美如果等行为发生之后一段时间再给予，通常效果会大打折扣。研究发现，立即的赞美，有助于孩子学习什么是良好的行为。

 **赞美引导成功，
抱怨导致失败**

在管理学上有一条"二八定律"，它包含的意思是：促使一个人进步，应该给他20%的压力和80%的动力。20%的压力来自批评和惩罚，80%的动力来自赞扬和奖励。通常情况下，赞扬和奖励比批评和惩罚更容易使人建立自信，更容易调动人的积极性。

所谓赞美，就是对他人言行举止、所作所为予以肯定，给予表扬，从而激发其自信心，调动其积极性。赞美的本质是爱，赞美要求

赞美者本身拥有爱心，对他人能做到平等公平。

赞美引导成功，抱怨导致失败。著名成功学家拿破仑·希尔小时候曾被人认为是个坏孩子，村里所出现的坏事人们都认为是他干的，就连他的亲人也这样认为。所以他就无所谓了，自暴自弃，甚至于抱着"破罐子破摔"的态度，完全失去了自信心。直到他的继母来了，这种情况才发生了戏剧性的改变。当他继母跨进大门时，父亲指着拿破仑·希尔说："这是我家最糟糕的孩子。"可他继母却说："不，这是我们家最聪明的孩子。"就是这句话，使他树立了自信心，改变了他的命运，而且成功了。继母造就了拿破仑·希尔，赞美和鼓励出效果。人是在赞美中扬起生活的风帆，在赞美中享受成功的喜悦，在赞美中创造奇迹。

赞美的作用在教育中最为明显。下面我们举一个小苏比的例子来看看赞美对一个人的巨大作用。

苏比是个普通的六岁的小男孩，他最近越来越不愿意去奶奶家，每次都拖延半天，不停地问妈妈："可不可以去外婆家代替？"

妈妈很是奇怪，她说服苏比，先去外婆家，然后再去奶奶家。

到了外婆家，外婆一开门就对苏比赞不绝口："苏比这么小的孩子真是难得，小小年纪就懂礼貌，还知道吃东西的时候要分一份给外婆！"外婆总是这么夸他，于是，越夸越好，苏比在外婆家显得伶俐懂事，是一个名副其实的好孩子。

可到奶奶家却是另一番景象了。一进门奶奶就开始数落："像你这么调皮的孩子真是天下难找，要多捣蛋有多捣蛋，还整天搞恶作剧。"再看看苏比，帽子歪戴着，鼻涕也不擦，一副毫不在乎的样子。奶奶老是训斥他，越骂越糟，在奶奶家，他就是个坏孩子。

谁都愿意听到赞美自己的话，而不愿意听指责的言语，刚懂事的孩子也不例外。美国洛杉矶有一位父亲在参加了家庭教育辅导班学习后，就决定换一种方式对待他的孩子，也就是以称赞孩子的优点来代替批评孩子的过失。他说："当我们看到他们做的负面的事情时，要找些事情来称赞，真的很难。这非常不容易做到。我们想办法去找他们值得赞美的事情，这样做之后他们以前所做的那些令人不高兴的事，真的就不再发生了。接着他们一些别的缺点也消失了，他们开始照着我们的赞许去做。居然，出乎常规，他们乖得连我们都不敢相信。当然，它并没有一直持续下去，但总是比以前要好得多了。现在我们不必再像以前那样纠正他们，孩子们做对的事要比做错的事多得多。这些全都是赞美的功劳，即使赞美他最细微的进步，也比斥责他的过失要好得多。"这就是赞美所带来的神奇效果。

每个人都希望自己受到别人的重视，都愿意听赞美之词，永远不会对美妙的甜言蜜语产生厌倦。

男性尤其喜欢听到女性的赞美。有句民间流行的俗话，说男性活着是为了征服世界，女性活着是为了征服男人。这话是不准确的，其实，男性征服世界最终还是为了征服女性，所以，男性认为只有从女性那里得到赞美，才说明他们是优秀的。换个角度讲，女性能否成为男性眼中最善解人意、最迷人、最美丽的人，能否找到一个称心如意的伴侣或是拥有一个美满幸福的家庭，就看她会不会真诚地赞赏男性。

女性更喜欢听别人的赞赏。假设一个女孩真诚地对她的男朋友说："亲爱的，我诚心诚意地请求你给我提出六点不足，以便我能成为更出色、更理想的人。"这时候，她的男朋友该怎么做？相信已婚男性都会说："千万别上当，别不把自己当外人，如果真趁机说了她的不足，看她会不会让你吃不了兜着走。"

有个男孩面对这样的考验非常机智，他说："坦白说，如果想让我列举出所谓的能让她变理想的事情，这简直再简单不过了，可是天知道，她会紧接着给我列出多少个我需要改进的地方。"所以，聪明的男朋友这样说："还是让我想想吧，明天早上我会给你答案的。"第二天大清早，男孩给花店打了电话，要他们送来六朵火红的玫瑰

花。他在每一朵玫瑰花上都附上了一张纸条，上面写着："我真的想不出有哪六件事应该提出来，我最喜欢的就是你现在的样子。"可想而知女孩会感动成什么样。女性就是这样，总是希望能够得到他人的赞赏，得到别人的重视，尽管她做得并不够好。

既然男性女性都愿意听赞美话，那我们还犹豫什么，人的生命只有一次，如果赞美真的能给别人带去快乐、安慰和鼓励，那就赐予他人欢乐好了。这显然是人类最合情也是最合理的美德。

遗憾的是，或许是受人天生劣根性影响，绝大多数人都很吝于赞美别人，相反还会极为热衷地对别人挑剔并大加指责，甚至还会对别人的缺点报以瞧不起。岂不知，这样的行为对别人会造成极大的精神伤害。

有一个女精神病人，患病前的生活极为悲惨，婚姻非常不幸。她一直渴望着被爱，渴望拥有一个孩子，渴望能够获得较高的社会地位，然而，现实摧毁了她所有的希望。她的丈夫不爱她，从来没有对她说过一句赞美的话，甚至于都不愿意和她一起用餐。这个可怜的女人没有爱没有孩子……最后她疯了。不过，在另一个世界里，她和一个爱他的男人结婚了，而且每天都会生下一个小宝宝。他的主治医生说："即使我能够治好她的病，我也并不会去做，因为现在的她，比以前快乐多了。"

真是一幕悲剧。如果当初她的丈夫能够喜欢和赞赏她的话，如果当初她身边的人能够真诚地赞赏她的话，她根本不会疯，因为能够在现实生活中得到的东西，就没有必要去另一个世界寻找了。

有句话说得好，赞美与鼓励能使傻瓜变天才，批评与指责能使天才变傻瓜。千万不要以"为你好"的名义去批评人。这是最愚蠢的做法，天底下就没有人乐于接受别人的指责。"乌鸦落在猪身上，只看见猪黑见不到自己黑"，这同样也是人的本性。批评、责怪、抱怨在别人的身上是一点儿都不会发生正面作用的，因为大多数人都能为自己的动机找出理由，不管有理无理，总要为自己的行为辩解一番，也就是说他们认为自己根本不应该被批评、责怪或抱怨。有心理学家说过："因批评而引起的羞愤，常常使雇员、亲人和朋友的情绪大为低落，并且对应该矫正的事实状况，一点儿也没有好处。"

既然如此，为什么不多给别人一些赞美呢？赞美别人不但不会给我们造成任何损失，还能让人际关系更加融洽，让我们成为一个受欢迎的人，何乐而不为呢？

我们在和他人交流时如果能经常使用一些肯定和赞美的语言，就会让他人感觉到自己存在的价值，感到自己正被人们所欣赏和接纳，就能营造出一种友善的、坦诚沟通的氛围。我们在这样的氛围里和他人交流，就能获得很好的效果。

 **6** 分清对象，
对不同人用不同的
赞美方式

人不但在外表上有区别，在品格和人格上也大相径庭。正因为人们之间存在着这些差异，因此，我们在赞美他人的时候，也要采取不同的方法，这样才会取得预期的效果。

比如对他人较为突出的个性加以赞美，即赞美个人化，这就比众人通用的赞美效果好得多。这同时也要求我们对不同的对象应采取不同的语气和赞美方式。对刚接触还不太熟悉的人，赞美时在语气上可稍带夸奖的意味；对我们已经非常熟悉了解的老朋友，在赞美时语气

上应带有敬重的意味；对机敏的人，只要三言两语的赞美他就能感觉到了，甚至稍加暗示就能心领神会；对于有疑虑心情的人，赞美应该明显些，尽量把话说清说透，如果表达不清，则有可能会产生误解，以为是在讽刺他或是变相批评他。

战国时，秦统一六国，独霸天下，燕国不甘败北，此时民间有位侠士，叫荆轲，此人勇力过人，而且相当自负，燕王想让此人去刺杀秦始皇。但人们心里都清楚，此次行动，不是凶多吉少，而是有去无回。怎么办呢？燕王便利用了荆轲自负的弱点，为他广为宣扬，说此人如何高尚，如何侠义，总之扣了好多的大帽子，最后在民间形成了极佳的口碑，然后再聚众宴请他，当着百姓的面请求他去刺杀秦王，这才有了"荆轲刺秦"的历史典故。

燕王之所以达到了自己的目的，就是由于他能够针对荆轲的性格运用适合的赞美方式，抓住了他的心理，才有了荆轲的万死不辞。

林肯说过："人人都喜欢受人称赞。"如果一个人帮助他人做了一件非常难做的事情，他当然希望能得到被帮助者的感谢和赞美。生活中经常能看到这样的人，他们没有或者说是缺乏一种感恩的心，总认为他人帮助自己是天经地义的事情，任何时候都将自己放在需要接受帮助的地位，从来没有想过要去帮助别人或者感谢帮助自己的人，他们的这种心态背离了人际交往的既定准则，久而久之，当身边的人熟悉了他的为人后，都不会再去帮助他，甚至远离他。所以说，正处于成长期的青少年要想很好地融入这个社会，要想在人际交往中树立起自己的形象，获得他人的好感，首先必须学会感谢他人，学会赞美他人。

如果你是一名班级干部，你要学会对同学们付出爱，你要学会多关心大家，从生活和学习上给予同学们帮助，帮助他们解决所遇到的难题。虽然蜜蜂和雄鹰相比并不起眼，但它却可以传播花粉从而使大自然色彩斑斓。每个人都希望自己是重要的，这是人们在基本生存得到满足的条件下最重要的需求之一。班级里的同学性格脾气各不相同，作为班干部当然不能一叶障目，厚此薄彼。应因人而异，最大限度地帮助同学们，激发他们的学习激情，培养他们的学习兴趣，帮助他们走出歧途，回到集体中来。

同学在学习和班级生活中表现出众，理所当然应当得到赞美，否则他们就无法得到激励。但是，我们在赞美先进之前，一定要弄清楚自己要表扬的人是不是如你所想象的那样值得赞美。当没有完全了解整个事实的时候，千万不要妄下评论，不论是批评还是赞美。虽然，赞美能使人兴奋，但是，赞美也能使其他应该得到赞美却没有得到的人怅然若失，那种失落带来的损失完全可以把赞美带来的效果泯灭掉。

班长付小军走进教室，拿着一份做好的班级报纸高兴地说："张鹏，你真是太棒了，这是你设计的吗？简直不敢相信，你刚转到咱们班来就能有如此优秀的表现，你真太棒了！是你一个人完成的吗？"

"这个班级报纸是我设计的，第一次为班上做事情，没想到竟能得到班长的赞美，谢谢！"张鹏的脸上露出了几分得意。

"不，应该我感谢你才对，我们班的每位同学都要感谢你，我们班又多了一名优秀的美术设计人才，真是值得庆贺啊。"说着，班长付小军又转向大家，"让我们为拥有这样优秀的美术设计人才而庆贺吧。"付小军鼓起了掌，下面的同学也跟着鼓起了掌。

或许，班长付小军的表扬真的使张鹏很受用，然而，事情并没有结束，因为后来有人告诉班长付小军那张报纸的美术设计其实是由一个三人小组完成的，而表扬张鹏的时候，有两个人并没有鼓掌，他们是罗文和小欧，当时付小军还想批评他们两个，幸亏后来忍住了。

你在工作或学习中遇到过这种情况吗？犯过这种错误吗？付出努力的人并非不需要赞美，而是需要在赞美之前弄清楚赞美的对象。要知道，受到他人的赞美时当然感觉很不错，无论谁都会心情很好，但有时候赞美也会让人很不舒服，就像上面例子中的罗文和小欧，如果

班长不在表扬之前弄清楚自己要赞美的对象，就会使原本令人兴奋的赞美变得让人难以接受。

法国学者罗瑟琳·波什通过在激励方面的研究，得出"赞美愈具体，愈能达到鼓励的目的"这一论断，人们称为波什定律。这表明一旦员工知道了什么地方做得很好，他们就会去努力把这一地方做得更好。

下面，我们举一个著名企业的例子来说明这个问题。

"格兰仕"对待不同的员工，采取不同的赞美方式。对待基层工作人员，主要采用刚性的物质方面赞美的方法。而对待中高层管理人员，则更注重采用物质和精神相结合的长期赞美策略。

基层员工的收入与自己的劳动成果、所在班组的考核结果挂钩，既激励个人努力，又激励班组形成团队力量。基层工人考核的规则、过程和结果都是公开的，在每个车间都有大型的公告牌，清楚地记录着各生产班组和每位工人的工作任务完成情况和考核结果。对生产班组，则要考核其产品产量、质量、成本、安全生产等多项指标的完成情况，同时记录着每个工人的完成工件数、加班时间、奖罚项目等。根据这些考核结果，每个人都能清楚地算出自己该拿多少，别人强在什么地方和以后需求改进的地方。依靠这个严格、公平的考核管理体系，"格兰仕"将数十个车间和数以万计的工人的业绩有效地管理起来了。

"格兰仕"对中高层管理者强调用工作本身的意义和挑战、未来发展空间、良好信任的工作氛围来激励他们。"格兰仕"的岗位设置相当精简，每个工作岗位的职责范围很宽，这既给员工提供了一个大的舞台，可以尽情发挥自己的才干，同时也给了他们压力与责任。

对于管理者们，"格兰仕"只发几千元的月度工资，把激励的重点放在财务年度上。他们将"格兰仕"的整体业绩表现、赢利状况和管理者的薪酬结合起来，共同参与剩余价值分配，从而形成长期的利益共同体。他们采取年终奖、配送干股、参与资本股的方式，递进式地激励优秀的管理者。对所有考核合格的管理者，都会有数量不等的年终奖；另外公开评选优秀的管理者，参与公司预留的奖励基金分配，这个奖励基金是按公司的赢利状况提取的；其中最优秀的几名管理者则配送次年的干股，不需求支付现金购买公司股份，能够参与公司次年一定比例的分红；通过经过几个年度考核，能提升到公司核心层的高层管理者，则可以购买公司股权，成为公司正式的股东。目前已有五十多名中高层管理者拥有"格兰仕"的股份（资本股），有七十多名管理者拥有干股，这形成了"格兰仕"在各条战线上与公司利益高度一致的中坚力量。通过层层的激励，不断培养、同化，"格兰仕"有了一支忠诚度高、战斗力强的核心队伍和长远发展的原动力。

格兰仕的赞美与激励政策是非常成功的。作为领导者，赞美与激励员工，就像用一支火把照亮员工的生活，同时也照亮了自己的心田，这有助于消除人际间的龃龉和怨恨。赞美是一件好事，但绝不是一件容易的事情。赞美员工时如不审时度势，不掌握一定的赞美技巧，即使领导者是真诚的，也会变好事为坏事。所以，开口前一定要掌握技巧。

赞美能使他人勤奋工作，但在赞美时，一定要根据每一个具体的人来选择语言，这样才有效果。每一个人都有自尊心，你在赞美一个付出努力的人时，如果能让其自尊心得到满足，那就可以达到促使他们努力工作的效果。

为了能满足他人的自尊心，赞美者在必要的时候可以故意表现出自己的疏忽，让对方来提醒自己，这样他们就会产生一种自己很能干的优越感。赞美者也应该掌握古典式的"怀柔政策"，也就是以耐心亲切的态度去感化那些顽固的人，用特殊的赞美方式让他们得到教化。

某总监能使部下充分发挥自己的能力，他的方法是，在每一次

迎接刚参加工作的年轻人时就对他们说："我一直等待着你们的到来。"那些自尊心很强的人，听到这种话总是很兴奋，因此工作起来干劲十足。

如果你需要去指挥那些有专业特长的人，则应当表现得非常谦虚，要对他们说"虽然我不是专家，但是有你们的帮助，我肯定能够成功"之类的话。而对于那种自信心过强，过于固执己见的员工，最好采取"怀柔政策"。

当别人计划做一件有意义的事时，开头的赞美能激励他下决心做出成绩，中间的赞美有益于对方再接再厉，结尾的赞美则可以肯定成绩，指出进一步的努力方向，从而达到"表扬一个，激励一批"的效果。

一旦你知道了如何去赞美一个人的时候，就会创造出一个完满快乐的团队。当你新近结交一个朋友时，在与他谈话的过程中，一定要多多赞美他的优点，对他的努力和付出给予肯定和赞美，这一定会加深你们之间的感情。

对于熟悉多年的老朋友，在平常的交流中应真诚地指出他们的优点和缺点，对于优点也应该给予赞美，但是，对于老朋友的缺点或错误绝不可一味地迎合，该批评时就批评，对于优点进行赞美时要懂得适可而止，否则会让对方感觉你很虚伪，不够真诚。

作为一个团体里的年轻领导，你应该了解自己手底下的员工，面对那些好胜而自负、进取心极强的员工，不需要太多的叮咛，这只会引起他们的烦躁和不屑。最好是用激将法，如"这个任务对你来说有困难吗？"这样一句简洁的话便可以触动他那根"好战"的神经。

另外，你也要让员工有一种依靠的感觉，让员工相信"只要加倍努力，必有所得，即使失败了也不要怕，有一个大集体在支持着我"，平时不妨拍拍他的肩膀，让他的精神状态振作起来，然后对他说："这个任务，依你的实力看，算不了什么，努力去干吧，你一定会给我们一个惊喜的。"话说完，要迅速地给他一个拥抱，再重重拍击他的背部，这种鼓励也是非常有必要的。

工作是非常复杂的，并不像我们在学校中那样单纯，那些讲求实惠的员工关心的很可能不是工作本身，而是工作背后的物质利益保障，因此，让他清楚地意识到出色的工作是论及其他东西的前提。在与他谈完工作的主要内容后，直接地进入他所关心的阶段，向他挑明完成任务之后能带来的丰厚物质利益。最好，在工作进行的过程中，再增设一定的物质刺激，并向他说明出色完成任务意味着什么。这显然有助于激励他去努力工作。

当与比自己年龄大的长辈交往时，必须谨记谦虚二字。比自己年龄大的长辈照样需要我们的赞美。例如，当你是企业里一名年轻的领导时，你手下可能会有好几位比自己年龄大的员工，与他们交谈切不可骄傲浮夸，清楚仔细地说明工作的每个细节，并及时向他询问工作的可行性以及他的难处，这样，会使你获得许多经验之谈。谈话结束时，要亲切地对他说："这个任务的完成最需要的就是您的丰富经验与聪明才智，如果在其他方面有什么问题或意见，希望您能及时地帮我们指出，我们会立即解决的。"几句谦虚、问寒问暖的话语，会让对方的心得到足够慰藉，你的威信也会不自觉地树立起来。

各方面都比较出色，平常也比较努力的人，肯定会有许多人都喜欢，他得到的赞美肯定不会少，当他出色地完成某件事或帮助大家做了一件棘手的事情时，你只需要谦虚地说一句："对这种工作，你是专家，全看你的了。"留给他们充分的时间与空间去展示他们个人的创造才能。

任何时候都必须以真正诚恳的尊敬和亲切来对待身边的人，当他们出现困难时，积极主动地帮助他们，尊重和赞赏他们的努力付出，这样才会获得更多的拥护。

**7 有时候原谅
也是一种赞美方式**

　　非洲南部的巴贝姆族中对于个人行为有失检点之事采取一种独特的处罚方式。

　　倘若族内的某个人犯了错误，族长便会让犯错的人站在村落的中央，公开亮相，以示惩戒。但最值得称道的是，此时，整个部落的人都会不由自主地放下手中的工作，从四面八方匆匆赶来，让这个犯错的人改正错误，引导他以此为戒，总结教训，重新做人。年长者首先发言，告诉这个犯错的人，他曾经为整个部落做过哪些有意义的事情。每个族人依次用真诚的话语叙述犯错者的优点和善行。叙述的时候要尊重犯错误的人，不能出言不逊，夸大事实，每个人在陈述犯错人的优点和善行时，不能重复别人说的内容和观点，必须要有新的发现、新的褒扬。所有的族人都将"赞美语"说完，整个仪式才完成一半。紧接着，要举行一次盛大的庆典。老族长是庆典的主持人。部落中的男女老幼都要载歌载舞，用一种隆重而热烈的礼仪来庆贺犯错误的人悬崖勒马，脱胎换骨，重新开始一种全新的生活。

　　对于犯错误的人，我们通常采取处罚的方式。巴贝姆族却以"赞美"来帮助他人改过自新。对于犯错误的人来说，赞美更是一种令其悔过自新的拯救。

　　中国有句古话："宰相肚里能撑船"，说的是身居高位者要有容人之量，他人对自己犯了一点小错或者无意间冒犯了自己，使自己的利益或尊严受到侵犯，这时，不去计较，不去追究，而是一笑了之，不放心上。这种心态和处事方式很得人心，会给别人以大度宽容的印象。其实，对他人宽容大度，是制造向心效应的一种手段。犯错者会因此产生受宠若惊的感觉，因而对你感恩戴德，更加忠心耿耿地为你献计献策。

年轻人要想使别人真正地从内心深处佩服自己，必须学会原谅他人的小错误，在恰当的时候假装糊涂，但这样做的同时也要让他人看出你是装糊涂，比如他人犯了错误，出于无心，你装一次糊涂，不加计较，他会感激你的。

《宋史》记载，有一天，宋太宗在北陵园与两个重臣一起喝酒，边喝边聊，两个大臣喝醉了，竟在皇帝面前相互比起功劳来，他们越比越来劲，干脆斗起嘴来，完全忘了在皇帝面前应有的君臣礼节。侍卫在旁看着实在不像话，便奏请宋太宗，要将这两人抓起来送吏部治罪。宋太宗没有同意只是草草撤了酒宴，派人分别把两人送回了家。第二天上午他俩都从沉醉中醒来，想起昨天的事，惶恐万分，连忙进宫请罪。宋太宗看着他们战战兢兢的样子，便轻描淡写地说："昨天我也喝醉了，记不起这件事了。"

身为皇帝，宋太宗并没有怪罪两个大臣犯的小错，让臣子在九死一生中得以生存，从而让他们感觉到这条命是捡来的，那么，以后为皇帝办事即使赴汤蹈火，也在所不惜。

"人非圣贤，孰能无过"。任何人都有犯错误的时候。企业里，有一类人犯的错是最多的，他们就是创新型人才，任何新的尝试都是经历无数次的失败而最终获得成功的，创新型人才的创新活动离不开一次次失败的尝试，这些失败才是走向成功的真正阶梯。

人们犯错的原因是多方面的：考虑问题不全面、经验不够、角度不对、一时无法克服的外因作用等；当然，也有的是因为责任心不强或思想开小差。其实无论什么原因造成的错误，只要吸取教训，及时改正都是可以原谅的。一个善于接受教训，总结过去的人，就会不断进步，日趋成熟，甚至可以担当重任。如果你不能够认识到这些，无论别人因为什么，在怎样的原因下犯了错误，都不原谅，那么他们就得不到改正的机会。这不但会对他们的思想和情绪产生影响，也会给整个集体带来一定的损失。

医学资料表明：发烧，它本身正是人体的免疫细胞和外来的病毒进行抗争的过程，是一种必然又必须的生理反应，人体可以通过它促进新陈代谢。因此，发烧并不是那么可怕，有时还可能是我们的朋友。错误也一样，中国古语说的"失败乃成功之母""浪子回头金不换"等，都表明只要人们能够认识到错误，并及时地改正都是可以原谅，或者说这些错误还会成为人们日后发展的基础。

比尔·盖茨在他的《未来时速》中说："我作为首席执行官最重要的工作就是倾听坏消息。"这里有两层意思：一是坏消息很快知道，可及时纠偏，减少损失；二是坏消息多来自于新尝试，作为一个错误，企业无疑又前进了一步。

年轻人应该学会宽容他人，更要有一定的修养与智慧，事实上只有胸襟开阔的人才会自然而然地运用宽容，并把宽容当做对他人的表扬来运用。

一位德高望重的长老，在寺院的高墙边发现一把坐椅，他知道有人借此越墙到寺外。长老搬走了椅子，凭感觉在这儿等候。午夜，外出的小和尚爬上墙，再跳到"椅子"上，他觉得"椅子"不似先前硬，软软的甚至有点弹性。落地后小和尚定睛一看，才知道椅子已经变成了长老，原来他跳在长老的身上，后者是用脊梁来承接他的。小和尚仓皇离去，这以后一段日子他诚惶诚恐等候着长老的发落。但长老并没有这样做，压根儿没提及这"天知地知你知我知"的事。小和尚从长老的宽容中获得启示，他收住了心再没有去翻墙，通过刻苦的修炼，成了寺院里的佼佼者，若干年后，成为这儿的长老。

故事中的主人公后来有所作为，与当初长老对他错误的原谅不无关系，可以说这种特殊的表扬唤起了他的潜意识，纠正了他的人生之舵。反之，长老若搬去椅子对小和尚"杀一儆百"，也没什么说不过的，小和尚可能从此收敛但绝不会真正反省。

对犯错误的人和事，只持强烈批评的态度，会使若干小的失误被忽视，若干小的错误被掩饰，隐患蔓延下来，总有一天会出现大错，而无法及时补救。太在乎犯错误而求稳，就可能招致更大的错误。

在现代企业管理中，把原谅员工的错误当做一种表扬方式，是领导者的一种美德，也是一个领导的修养。

做一个宽容的人是很难的，做一个有宽容心的领导，更是难上加难了。这就要求领导者不要总是指望员工和自己一样。每个人的思想都有所不同，强行同化的结果就是让领导者高处不胜寒。另外也不要对任何人都吹毛求疵，领导者要有宽大的胸怀，才能让人感动，同时还要让人感觉到一种威严，认为这次是侥幸，再犯就没有机会了。

"上帝也会原谅青年人犯错误！"如果你要得到具有创新性的发明，首先要学会允许失败，允许犯错误，没有人喜欢失败，但是没有错误的想法和主意，是带不来好点子的。优秀的领导者应该鼓励员工在创新的过程中，越快犯错误越好，因为失败是可以迅速原谅和忘记的。创新的过程就是不断地从失败中获取经验，然后应用到实践中去。很显然，每个企业都希望这个过程越短暂越好。

赞美人人都会，关键是如何找到对方的优点。孔子育人时常用赞美，他寻找学生优点的方法说起来很简单，只有六个字，用起来却比长篇大论实用得多。孔子在《里仁篇》第七章说："观过，斯知仁矣。"观察他的过错，就知道他的优点了。

孔子的论述，实是赞美艺术的最佳论述："观过，斯知仁矣。"意思是说：观察错的，就知道好的。韩经权先生在《经权解读教育智慧》一书中说："缺点常常是放错位置的优点。"——我们可以从他

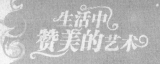

的过错中，找到他的优点，给予真诚的赞美和表扬，从而使对方欣然接受，并能自觉改过。

东汉末年，官渡之战后，曹操大获全胜，在打扫袁绍住地时发现了很多战将私通的信件，当时心里有鬼的将士们个个都胆战心惊，有的都已经站不住坐到地上了，心想这回死定了。但曹操下令，将搜来的信件付之一炬。有人问，为什么要这么做呢，曹操答到，与袁绍开始交兵时，敌强我弱，我尚且不知胜负，手下的将士能预料吗？只是这一举动，曹操不知收买了多少人心，这也是他后来能够得以成功的重要保证。

曹操是聪明的，试想如果他不用原谅错误的方式来安抚下属，他会面临怎样的局面。一个成熟的领导者，应该以微笑面对员工所犯的各种失误和错误。只要其主观上在"努力做对的事情"，就应该谅解，也应当循循善诱，授之以方法、传之以技能、教之以看待事物的高度，使其在纠偏的同时，仍保持尝试的勇气、创新的意识。

一般来说，一个领导者的工作能力或管理经验都要比员工更胜一筹，领导者居高临下很容易发现员工的缺点和能力的不足之处，而且也容易向他们提出高标准要求。

领导者应当清楚地了解每一个员工的能力，不但要及时地原谅他们所犯的错误，也要因材施用，给他们表现的机会。虽说对员工严格要求是必要的，但严格要求和宽容之间并不矛盾。严格要求是指给员工制定高标准的工作要求，而宽容则是当员工犯错误或由于某种原因而未能达到工作要求时，应该对他们采取的态度。当领导者原谅了员工时，不但不是纵容他们犯错，反而是激发他们的工作热情。如果作为一个领导者，总是挑剔员工的毛病，就会极大地削弱他们的工作热情，甚至会使他们产生反感，这样就会影响他们的积极性、主动性和创造性在工作中的发挥，从而对企业发展产生不利的影响。

有些领导者只会把工作硬塞给员工，而不给他们应有的权限。这样的领导者虽有实干能力，但缺乏原谅式的表扬，很难征服员工的心。员工跟着这种领导干，总觉得有点提心吊胆，不敢放开手干，因为怕犯了错误，而得不到一点起码的谅解。时间长了，他们就会对工作失去热情。而胆怯的员工遇上这样的领导者就会畏缩不前，领导者不说让他干，他就不会在工作中主动去干，因为这样可以少犯错误。这样一来，他们就根本无法发挥自己的能力。

因此可以说，宽容也是一则重要的用人之道。作为一个领导者必须要能想得开，看得远，从发展的角度考虑，从大局考虑，得饶人处且饶人，要学会宽容下属。

美国麻省理工学院的高级讲师沈吉说，"总是批评员工的领导者，表面上看来很有凝聚力，实际上压制了不同意见，得到的是打了折扣的妥协"。对于骨干尤其不可以完全否定，往往这一部分人有一定的主见和思想，过多的批评或彻底的否定，会使他们降低积极性，还会挫伤其创造性。一个没有创造性的团队，是不可能不断前进的。就算是从来不犯错误，只有成功，也并非一定是好的现象。比尔·盖茨对此有深刻的思考："成功是一个讨厌的教员，它使聪明人认为自己不会失败，它不是引导我们走向未来的可靠的向导。"

如果一个生活在集体里的人长时期得不到赞美和表扬，就会处于"焦虑尖锐化时期"，这会造成他心理上的不健康。中国传统文化的"逆来顺受""随遇而安"，是以心理压抑为代价换来的心理平衡，这实在是心理疾病的隐患。一个人心理上的不健康或心理上的亚健康状况，对所处的集体的正常运转也具有同样的危害。

赞美那些
帮助过自己的人

两个人结伴外出旅游，走到一处山谷里，一个人陷入了沼泽地，他越陷越深，很快就只有一个头露在外面了。

他的同伴听到了他的呼叫声："我就要死了！我就要死了！"同伴回头，吃了一惊，连忙转过身，说："不要急！快！快！快把手伸给我！"他向陷在泥潭里的人大声呼喊："我一定能把你救上来！"

可是那个人依然在那里狂叫："我就要死了，我就要死了！"

"把你的手伸给我！我就能帮你！我就会把你救上来的！"上面的人焦急而耐心地重复了一遍又一遍。

"我临死怎么还能欠你一个人情呢！你还是不要帮助我了吧！"

泥沼下的人仍旧没有伸出他的手，悲惨的事情发生了，当他的同伴把这个消息带给死者的家人时，他说："如果他把手伸给我就好了，但是他说不想欠我人情！"

家人听后号啕大哭："他真傻啊！人活世上哪有不求人的时候呢……"

一个人不可能脱离这个社会而独立地生存，也不可能万事都不求人，如果你和那个陷入沼泽地的人抱有同样的思想，任何时候都不想欠他人的人情，那也只有形单影只这一条道路可走了。

年轻人必须懂得，既然大家共同生活在同一环境中，就不应该厌烦别人的求助。更多的时候，人们都是希望能给别人帮助，并在这个过程中实现自己的价值，证明自己是个重要的人。

生活在同一个集体中，大家其实都希望通过自己的努力，为集体创造更大的价值，如果在这样的时候，你不懂得给他们机会，或者即使他们付出辛劳，你却视而不见，甚至还要去用言语讥讽他们，这会使他们的自尊心受到伤害，如果这样的情况一直在他们的周围发生，他们就会对集体失去信心，进而心理和思想上发生改变，越来越多的负面因素就会危害到他的成长。

在与他们合作做某件事情时，要学会及时地在公开场合赞美和表扬自己的合作者，这是一种与人分享成绩和荣誉的美好品德，这种品德会使得合作者愿意在以后的合作中更加努力地工作。

赞美帮助过自己的人就是与其分享成绩，这就要求赞美者有意冲淡自己取得的成绩，同时这种做法也能够冲淡他人普遍存在的嫉妒心理，进而在集体内部形成上下一心、充满活力的良好氛围。

有的人喜欢表现自己，喜欢将所有的成绩据为己有，不喜欢看到有人超过自己，甚至想方设法将他人的成绩尽力掩盖起来，试想，这样的人怎么能得到别人的喜欢与尊敬呢？

在他人做出成绩时，真心地祝福和赞美他人，并不会使自己损失什么，相反，我们会得到他人的称赞。

万事不求人的想法是不正确的，在遇到自己独自一人解决不了的困难，需要他人帮助时，千万不要独自硬撑着困难，必要的时候，轻松说出："可以帮帮我吗？"此时，相信周围的朋友会全力以赴地帮助你渡过难关，即使在日后取得了什么成绩，他们也不会和你去争功。也正因为如此，我们应该赞美和感谢那些帮助过我们的人，在我们得到奖励或赞美时不要忘记他们，这其实是人际交往中的一种原则。

一个过路人到加油站问路，并打探前边镇子的人怎样，加油站职员反问他从前的住的镇子怎样，过路人回答"糟透了"。职员于是

说："我们这个镇子的人也一样。"随后，第二个人驾车来到这里，并问了相同的问题，当驾车员回答说他们原来镇子人很友好后，职员说："我们这个镇子的人完全一样。"

人是三分理智，七分感情的动物。如果想让别人怎样对待你，首先就要先怎样对待别人。"给予就会被给予，剥夺就会被剥夺，信任就会被信任，怀疑就会被怀疑。爱就会被爱，恨就会被恨。"

人们之间的行为是一种互相孕育的关系，你对我友善，我对你也友善，如果你对我不友好，我也不可能友好地对待你——这就是心理学互惠关系定律。

如果你拥有对别人有用的信息而不与别人交流，那么你会发现一些有趣的事情，即别人拥有的对你有用的信息也没有告诉你。

有一个例子是这样讲的：

一晃，新年到了。

历经三年的打拼，饺子馆的生意越来越红火，新开了两家分店，还用上了品类管理、补货ABC等新管理方法。

雪白的墙壁上挂着两个大大的中国结，镂花木制的桌子整齐地排列着，上面放着醋、葱、蒜、辣椒、酱油，样样俱全，还有一盘盘做工精细的饺子——雪白如凝脂的"肌肤"，饱满的"外形"，忽而爽忽而韧的口感都叫人着迷。

与喜庆气氛不搭调的是老板使劲皱着的两根眉毛。"伙计们最近怎么了，做事总是不认真，服务态度也不好。就看老王吧，跟了我几年了，一向工作踏实认真，最近也老是早出晚归，疲惫不堪，还利用工作之便干私活……"

问题在哪？

其实问题的根源很简单，就是新年已经到了，忙碌了一年的员工，没有得到过老板一句感谢的话，甚至连一点点物质的奖励都没有。员工们平时工作都非常认真，他们每天忙碌的身影，来到饭店的人都看在眼里。正是这些为饭店忙碌了一年的人，却没有得到过一点心理安慰，所以他们觉得工作实在是没意思，都在盘算着换工作，或者自己做点什么。就像老王那样，既然得不到表扬或者感谢，那就只能自己捞点实惠了。

如果饺子馆老板可以看到问题的原因所在，就应该尽快采取相应的补救措施，将所有员工的激情调动起来，这样饺子馆的生意才会真正的红火起来。爱默生说过："人生最美丽的补偿之一，就是人们真诚地帮助别人之后，同时也帮助了自己。伸出你的手去援助别人，而不是伸出你的脚去绊倒他们。一个与人为善，一心做事的人也许会流一些血，但胜利最终会属于他的。"

如果你与帮助你的人之间维持冷漠的态度，不仅自己活得很累，也会在无意中伤害别人。员工谋求企业的承认和领导的认可，希望自己出色的工作被企业的"大家庭"所接受。如果得不到这些，他们的士气就会低落，工作效率就会降低。他们不仅需要自己归属于员工群体，而且还需要归属于企业整体，成为企业整体的一部分。所有的员工都希望得到领导者的赏识，甚至需要与他们一起研究工作，直接从领导那里了解企业生产经营情况。这种做法有助于拉近领导者与员工之间的距离，使员工感到自己是企业的主人，而不是苦力。

在领导者的工作中，很多事情必须要讲原则，才能构建合理有效的制度，树立规矩、建立秩序。一个没有原则，不会表扬与分享的领导者是不能干大事的，一个没有原则的企业也不可能成为一个伟大的企业。因为这样做的结果最终会失去人心，失去追随者。

IBM总裁汤姆·沃森，看到一个员工迟到并在会上无精打采，一问才知员工太太当天生孩子。他马上称赞道："你今天还愿意来开会学习，真是优秀！"他马上带员工坐上自己的私人飞机，飞往医院的产房……

所以，我们建议青少年朋友们，从今天起要好好对待帮助自己的

人，首先要学会说赞美的话，也要学会"珍惜"，珍惜自己身边的每一个朋友和帮助过自己的人，怀着一颗感恩的心去对待他们，人海茫茫，能够相聚就是我们人生最大的缘分。要懂得团队赢，个人才能赢。当今社会，单打独斗的时代早已过去，任何人的成功，都离不开大家的共同努力。

优秀的人，从来都是先满足团队利益，后赢得个人利益的。一个成功者的背后，总是站着许多人，善待那些帮助过自己的人，这是一种素质，这是一种品格，这更是一个成功者身上具备的已经融入到骨子里的精神。

 # 为自赞自夸正名

自赞自夸，历来被贬抑。"王婆卖瓜，自卖自夸"一语，经常被用来嘲讽那些自赞自夸者。其理由为"桃李不言，下自成蹊"。你的瓜果好，不必自赞自夸，自然会有人络绎不绝地来采购。但事实并非如此。如果对人们以前从没有吃、穿、用过的新产品，不做一番赞美性的宣传，即使价廉物美，仍有可能无人问津。毛遂若不勇于自荐，他这个人才就可能被埋没了。苏秦、张仪游说列国，苏秦鼓吹合纵，张仪宣扬连横，就是自赞自夸其外交方针、军事策略如何高明。就连孔丘周游列国，也不忘自夸其政治主张、教育思想。由此看来，早在春秋战国时代的外交舞台上与上层社交场合，自赞自夸就已成为极普遍的正常现象。但在后来的民间人际交往之中，却形成了这种不正常的传统习俗：以自谦自贬为美德，以自赞自夸为狂妄。

在自给自足的小农经济社会，商品交换稀少，人际交往谨小慎微，自赞自夸无用武之地。但在现代化的开放社会，商品经济发达，人际交往频繁，而且新的物质产品、新的精神产品以及新的行业、新的知识、新的人才不断涌现。人们见所未见，闻所未闻，不自赞自夸一番，有谁知晓呢？

今天，招标答辩、招聘口试、评定职称、推销产品等，全离不开自赞自夸。我们要为自赞自夸正名。

自信与自傲，谦虚与自卑，绝不能混为一谈。自赞自夸是以事实为基础，讲究说话的方式方法，进行适当的艺术加工；而自吹自擂则纯属不顾事实真相地吹牛皮、说大话。

自赞自夸，首先要实事求是，符合实际情况，符合科学规律。如夸大其词达到了违反生活常规的地步，反而事与愿违，只会降低其可信程度。

其次，自赞自夸应目的明确、有的放矢。招聘人才、购买商品，都有一定的规格、要求。你的优点非对方所需，你的长处非对方所急，自赞自夸就如同对牛弹琴。而要了解对方的所急所需，就必须事先对人才市场、商品市场有调查研究，做到知己知彼，心中有数。

再次，自赞自夸既可以直接出自当事人之口，也可以转借他人之口，最好还辅以如奖状、奖品、名人评价、新闻传播媒介的表彰等旁证，以增强其可信度、说服力，同时避免直接自赞自夸过多以引起听者的逆反心理。

最后，在自赞自夸的同时，不妨也承认还有待改进的不足之处。这样小贬大褒，既体现了实事求是的态度，也给人以较谦虚的好印象，并且无损于你整个形象的美好。

尼采说："每个人距自己是最远的。"这句话的意思是说，人类最不了解的是自己。从懂事的那一天起，人们就在努力地适应环境，努力做到与别人和谐相处。但人们恰恰忽略了一点，就是学会与自己

快乐相处。而正是这一点，才导致了人们无休止的烦恼与痛苦。心理学家说，总在努力让自己居心叵测的人只不过是很少的一部分人。事实上，如果一个人总是能让自己保持一颗快乐的心灵，其他的问题都能迎刃而解。

杰克家有个刻着"与众不同"四个字的红色餐盘，要是谁做了得到一家人认可的事情，吃饭时就可以使用这个盘子。

这天，杰克带好朋友马林回家。马林骑来了一辆漂亮的新自行车，那正是杰克存钱想要买的车子。马林得意地说，他这次测验及格，自行车是父母奖给他的。其实，杰克这次测验也及格了，但仍需要自己省钱买车。母亲担心杰克会有不公平的想法，便对他说："我知道你可能会不愉快，尤其是你学习那么用功，还通过了测验，这都是我和你爸爸最感到骄傲的事，因此你有资格用红盘子吃饭了。"

杰克若有所思地看看自行车，再看看马林，然后小声对母亲说："妈妈，红盘子更棒，因为那是我自己努力得到的。"说完，就开心地和马林出去玩了。

杰克的父母用红盘子吃饭来表扬他，主要是让他通过及时的自我表扬来化解外界环境对他的影响，目的是培养杰克对自身行为的正确认识。

生活中人人都是要求进步和积极的，因为周围的环境或者某些原因，人往往会有表现消极的时候，不愿与他人合作，甚至憎恶社会，只要我们能及时地给予他帮助，帮助他重新建立起自信，他一定会自觉地积极工作并追求进步。

管理顾问科恩，强烈反对利用金钱激励员工。他指出，用金钱诱使员工提高业绩，纯属浪费且不利于提高生产率，不能用于致力提供质优产品或服务的企业。"钱最多能避免一些问题的出现，"科恩说，"但这并不意味着，我们应该不惜时间和资源为企业买来高质量，或用钱鼓励个人努力工作。毕竟天不随人愿。"

那么，不用钱激励员工，用什么呢？科恩的答案是，挖掘员工的内在动力，即每个员工内心都有一种把工作做好的欲望。科恩说，能够激起员工内在动力的因素有：让员工在自己的工作中有发言权、管理层要尊重员工，最重要的是，还要有份好工作。科恩引用赫兹堡的话说："你要人们努力工作，就得给他们一个好工作做。"

领导者在这个过程中需要做的，就是让员工能够正确地认识自己的长处和短处。对自己的长处能超长发挥；对自己的短处能坦然自若，努力改正。在工作中能够做到量力而行，对自己不提过分苛刻的要求，对曾经所犯的错误也能够平心静气地谅解。

有人说，演员必须有人表扬，如果很长时间没人表扬，他就应该自己表扬自己，这样才能使自己保持舞台上的激情。员工需要老板的表扬，学生需要老师的表扬，孩子需要父母的肯定，都是一个道理。人们的心灵是脆弱的，需要经常的激励与抚慰。常常自我表扬，会使自己的心灵永远保持快乐。

一个年轻人刚毕业两年，在同学聚会上向大家谈自己的理想，这个年轻人说："我希望三年之内买一部自己的车。"他的理想遭到很多同学的讥笑，因为当时买一部车至少要十几万元，而他们当时的工资每个月也就几百块，所以大家认为这是不可能的。可是这个年轻人坚定地说："我一定会实现这个目标。"三年后，这个年轻人真的实现了自己的目标，因为自信帮助他找到了勇气和前进的动力。

一个人只有时刻保持自信，才会使自己更加热爱生命，热爱工作。只有快乐、愉悦的心情，才是创造力和人生动力的源泉。只有不断给自己创造快乐，与自己快乐相处的人才能远离痛苦与烦恼，才能拥有快乐的人生。

赞美他人，同时进行自我赞美，这些都需要一些正面激励因素的作用。如果你是一名年轻的"一把手"，不妨在工作过程中注意帮助下属们建立起主人翁责任感，让下属感觉到他们十分重要而且要承担

义务，使他们从制约自己主动性的条件中解脱出来。如此一来，下属通过对自己的表扬来激励自己，这种激励就来源于自己，而不是别人。

总之，作为领导者，无论采取什么样的激励行为，都应该把焦点放在让员工自己表扬自己上，帮助员工接受工作责任，以及树立主人翁责任感。这样即使员工独自工作也会斗志昂扬，激发出用之不竭的工作干劲。

古希腊有个大哲学家苏格拉底。哲学在当时是很崇高的，因此很多年轻人来找苏格拉底学习。

一个年轻人来了，想要学习哲学。苏格拉底一言不发，带着他来到一条河边，突然用力把他推到了河里。年轻人起先以为苏格拉底在跟他开玩笑，并不在意。结果苏格拉底也跳到水里，并且拼命地把他往水底按。这下子，年轻人真的慌了，求生的本能令他拼尽全力将苏格拉底掀开，爬到岸上。

年轻人不解地问苏格拉底为什么要这样做，苏格拉底回答说："我只想告诉你，做任何事情都必须有绝处求生那么大的决心，才能获得真正的成就。"

绝处求生就需要运用自我表扬与激励，优厚的薪酬等物质方面的表扬方式只能用来留住他人，只能在短期内提高他人的积极性和效率，而真正有效的方法，是你一定要教会他们自我赞美的方式。

作为企业的年轻领导者，你要帮助员工了解自己工作的价值。不管是处于技术岗位、管理岗位还是行政后勤岗位，都有其独特的价值，企业领导者应首先让员工充分了解自己岗位的价值，使员工意识到自己是在做有意义的工作。没有什么比意识到自己所做的工作毫无价值更让人士气低落的了，所以要避免这种情况的出现。当然员工应首先了解岗位的具体职责及性质，所以应首先对各岗位进行工作分析，让员工明确本岗位职责，本岗位的协调关系，同时也明确本岗位员工应具备的能力和所需培训。明确了岗位的职责及性质后，员工才能更加了解自己工作的价值，从而更积极努力地去工作，同时也会积极地不断地挑战自己。

长期以来，领导者对员工的激励往往都停留在物质层面，其实，优厚薪酬只能用来留住员工，却不带有任何激励因素。研究认为，挖掘员工的内在动力，这是自我表扬方式实现的内在基础。要想实现这种激励，领导者不要试图将表扬强加于员工身上，而是赋予他们做某事的责任和以他们自己的方式去做的权力，这样，他们会找到自我表扬的方法。

赫兹伯格曾说："你要人们努力工作，就得给他们一个好工作做。"领导者要让员工了解自己工作的重要性，并要让他看到全局。即使表扬员工，也不是只让他们看到自己工作的价值，而是工作的实际成果。这会让员工充分意识到决策是大家共同的责任，仅仅依靠某个人或某些人的力量是无法实现预定目标的。员工看到了自己在整个企业中的位置，看到了自己所扮演的角色对于实现整个企业目标的意义，看到了企业对自己的信任及赋予自己的重任，这种对自身的正确理解和来自外部的积极看法还能够让员工更具有创新性和积极性。不管工作中有什么样的问题，只要员工的思想能够进行转换，问题就肯定能够得到解决。

自我表扬是习惯内化的结果，员工重视的不再是领导的表扬或者物质上的奖励，而是对自己努力的肯定，并能正确面对物质诱惑，相反，不恰当的物质奖励会使员工变得完全依赖于他人的赞许。

 **10** **怀有敌意的
人更需要赞美**

　　无论在生活中还是在实际工作中，我们经常会碰到一些对自己怀有敌意的人，这时如果以牙还牙，很容易导致更激烈的冲突发生。如果遇到这种情况我们能够换一种方法，不去和他们理论或者争执而是去赞美他们，使他们的荣誉心、自尊心得到最大限度地满足，就可以从心理上缩短双方的距离，还能起到左右他们敌对态度的作用。

　　想成为优秀的领导者，就要知道如何组织并运用不同的因素并成为这方面的专家。更确切地说，就是有能力引导员工，快快乐乐地去做他应该做的事，甚至包括他不喜欢做的事。

　　当美国第一任总统华盛顿还是一位上校的时候，他率领着他的部下驻守在亚历山大里亚。当时，那里正在选举弗吉尼亚议会的议员。有一名叫威廉·佩恩的人反对华盛顿所支持的候选人。

　　在关于选举的某一问题上，华盛顿与佩恩展开了激烈的争论。华盛顿出言不逊，触犯了佩恩，佩恩一怒之下，将华盛顿一拳打倒在地。华盛顿的部下听到这个消息，群情激奋，部队马上开了过来，准备替他们的司令官报仇。华盛顿当场加以阻止，并劝说他们返回营地，一场一触即发的不愉快事件在华盛顿的劝说下被化解了。

　　第二天一早，华盛顿派人送给佩恩一张便条，要求他尽快赶到当地的一家小酒店来。

　　佩恩怀着凶多吉少的心情如约到来，他猜想华盛顿一定是怀恨在心，要和他进行一场决斗。然而，出乎他意料的是，他所看到的不是手枪而是华盛顿端过来的酒杯。

华盛顿看到佩恩到来，立即起身相迎，并笑着伸过手来，说道："佩恩先生，犯错误是人之常情，纠正错误是件光荣事。我相信昨天所发生的事情是我的不对，你已经在某种程度上得到了满足。如果你认为到此可以解决的话，那么请握我的手，让我们交个朋友吧。"

佩恩激动地伸过手来。从此以后，佩恩成为一个热烈拥护华盛顿的人。

如果所有的领导者都能做到像华盛顿那样，对怀有敌意甚至侵犯自己的人，能够宽容相待并加以表扬，也许你就不仅会成为优秀的领导者，还会成为令人崇拜的伟人。当一位领导者能够让不断抗拒、充满敌意的员工心悦诚服地接受，并让他们愿意积极参与团队所分配的职责时，这位领导者就充分发挥了其高度的影响力。因为他不但掌握了处理人际关系的艺术，也成功地应用了"表扬"这一锋利的武器，并为自己赢得了宝贵的人心，让员工能够在敌人与朋友间来一个大的转变。

卡耐基小时候是一个公认的坏男孩。在他9岁的时候，父亲把继母娶进家门。当时他们还是居住在乡下的贫苦人家，而继母则来自富有的家庭。

父亲一边向继母介绍卡耐基，一边说："亲爱的，希望你注意这个全郡最坏的男孩，他已经让我无可奈何。说不定明天早晨以前，他就会拿石头扔向你，或者做出你完全想不到的坏事。"

出乎卡耐基意料的是，继母微笑着走到他面前，托起他的头认真地看着他。接着她回来对丈夫说："你错了，他不是全郡最坏的男孩，而是全郡最聪明最有创造力的男孩。只不过，他还没有找到发泄热情的地方。"

继母的话说得卡耐基心里热乎乎的，眼泪几乎滚落下来。就是凭着这一句话，他和继母开始建立友谊。也就是这一句话，成为激励他一生的动力，使他日后创造了成功的28项黄金法则，帮助千千万万的普通人走上成功和致富的道路。

在继母到来之前，没有一个人表扬过他聪明，他的父亲和邻居认定：他就是坏男孩。但是，继母只说了一句话，便改变了他一生的命运。

卡耐基14岁时，继母给他买了一部二手打字机，并且对他说，相信你会成为一名作家。卡耐基接受了继母的礼物和期望，并开始向当地的一家报纸投稿。他了解继母的热忱，也很欣赏她的那股热忱，他亲眼看到她用自己的热忱，如何改变了他们的家庭。所以，他不愿辜负她。

来自继母的这股力量，激发了卡耐基的想象力，激励了他的创造力，帮助他和无穷的智慧发生联系，使他成为美国的富豪和著名作家，成为20世纪最有影响的人物之一。

卡耐基的继母非常的聪明，她知道化解敌意的唯一方法就是爱。领导者在管理怀有敌意的员工时，也是同样的道理：只有化解了阻碍双方的敌意，其他的事才有建立起来的可能。而化解员工对领导的敌意，最好的方法是理解敌意的根源，采取行动来证明敌意完全是没有根据的。

也许有的领导者发现自己的员工不知何种原因，甚至在认识你之前，就认为你没有什么本领。也许他们仍然为一个深受爱戴的领导者的离去而惋惜，或者你来自一个他们憎恨的部门，再或者可能你的员工是一群憎恨权力的顽固派。面对这些怀有敌意的员工，你该如何开展以后的工作？聪明的领导者在这样的时刻，就会拿出他们的法宝"表扬"。"表扬"就像是一个魔术棒，它可以将敌意化解为友谊，让那些不合作的人，变得喜欢和支持自己，这样在以后的工作中就会少了很多麻烦。员工们和领导者站在统一的战线上，才会给企业未来的发展带来希望。

卡尔被派到纽约的一家急诊医院管理一群难以相处的内科医生。他不得不意识到这些困难：医生们好像不是喝人奶长大的，他们不尊重上帝，并且他们不服从命令。在这种情况下，卡尔抱怨：每个医生的做事方式都不同，并且像抵抗新型细菌实验一样强烈地反对革新。卡尔说："这像马上把20个小企业合并在一起。"

更糟糕的是，卡尔还面临三大困难：他不是内科医生，他完全是个门外汉——对那些医院的老油条来说，所有这些都是难以接受的。

首先，他估计了他的员工对他的看法。"对于我的意图他们都很迷惑，"他说，"他们认为我不是省油的灯，我只会对他们说不。"

事实上，尽管卡尔并不认为自己是锋芒毕露的人，但他确实有改进运作流程的野心。基于这些判断，他聪明地选择了最初不去依靠他的员工。他必须首先赢得他们的信任和信心，然后他才有希望实施他的重大项目。"一些与我处境相同的人所犯的最大的错误是他们总是想尽早实行主要计划，"他说，"他们对人们要求得太多并且想尽快改变现状。"

卡尔学到的最重要的管理技巧是闭上嘴巴倾听。这样做了以后，他发现医生的抱怨大部分并不是针对他。"他们只是想说出来，希望有人能成为他们的拥护者。"

有医生认为蹩脚的签名有损医院形象，于是他就抱怨这件事。尽管抱怨不断，但对于卡尔·弗瑞科先生来说，这仍然是次要的问题。然而，当一个月后事情仍然没有改观时，医生们的愤怒在一次会议上暴发了。卡尔·弗瑞科先生说："这个问题对我来说微不足道，但对于他来说，却至关重要。"

问题大小并不重要，重要的是医生们感觉自己的建议没有受到重视。花费一点时间来个漂亮的签名可以预防出丑。

卡尔如果不注意这些小事，他不会赢得信任来完成更重大的任务。"如果他们认为得不到你的赞美或者支持，他们就不再听你的计划安排。"他说。

卡尔作为领导者的做法就是先了解员工，并弄清楚他们怀有敌意的原因，然后再用恰当的方法来化解敌意，进而完成自己的管理工作。如果你的员工老是怀有敌意，无论你的计划多么的富有竞争性，你是多么聪明的领导者，一切都将失败。

所以作为领导者在检查工作的时候，必然要对员工的工作做出评价，并给予适当的赞美，这样做的目的是更好地调动员工的积极性，激励他们做好工作。

为此，领导者首先要在自己的工作中坚持原则，在面对怀有敌意的员工时敢于讲话，并弄清楚是非曲直，做到功过要分明，对于员工那些正确的做法要坚决地支持，错误的坚决纠正，并对那些好的方面重点赞美。其次要掌握赞美的分寸，不能过头。赞美要实事求是，留有余地。只有这样，才能使员工口服心服，便于日后工作的改进。

从对方的过去中提炼闪光点

如果你过去的一位朋友或同事不小心做错了一件事情，使你蒙受了一些经济损失或名誉损失，这时，你会怎样做？立即去责备他一顿？马上让他赔偿你的损失？让他向你赔礼道歉？聪明的人这时什么都不会做，因为，这些损失和你们的友谊比较起来是那么的微不足道，甚至可以忽略不计，聪明的人这时会静下心来，从朋友的过去中寻找闪光点，并会对他们提出合理的赞美，这样的做法当然不是鼓励朋友继续犯错，这一点谁都明白。朋友能从这件事中吸取教训，下次他会努力做到完美。

这种做法经常会被应用在企业的上下级沟通中。这是一种富有艺术性的赞美，可以沟通上下级之间的关系。员工对领导者的行为极为敏感，他们非常看重领导者对自己的辛勤劳动及发明创新的关注与肯定。领导者如能注意他们的长处，及时地对他们提出真诚、切实的表扬，既能够激发员工对工作的责任感、自信心，又能获得他们的尊重与信任，从而有利于密切领导者与员工之间的关系，提高管理工作效率，并最终取得丰厚的企业效益。

有句话这样说：人比人，气死人。所以，不要刻意将一个人和另一个人拿来相比较，正确的做法是将一个人的现在和他的过去相比较。在这个比较过程中，要善于发现其在工作过程中的"闪光点"，哪怕是微小的进步，都应及时给予肯定和恰当的赞美，从而增强信心，唤起获得成功的愿望，促进他们更好、更快地掌握技术。发挥他们某一方面的兴趣、特长，善于抓住转化的时机，及时进行鼓励，激发他们要求进步的热情；并且要在赞美的基础上不断提高要求，在达到要求的基础上再进行表扬，如此循环往复，使其不断地进步。

1945年9月2日，第二次世界大战即将拉下帷幕，因为这一天，最后一个轴心国——日本将要签署投降条约。

在太平洋上的美军"密苏里"号战舰上，人们翘首以待，大家都想目睹这一历史性的时刻。上午9时，盟军最高司令官道格拉斯·麦克阿瑟将军出现在了甲板上，预示着这个令全世界为之瞩目和激动的伟大时刻到来了。

随后，日方代表登上了军舰，仪式开始了。

就在五星级上将麦克阿瑟即将代表盟军在投降书上签字时，他却突然停止了。现场数百名的记者和摄影师对此大惑不解。他们谁也不知道麦克阿瑟想要干什么。

将军转过身，邀请温斯特将军和帕西瓦尔将军陪同签字，这是两个在战争初期就当了俘虏的人。1942年，温斯特在菲律宾，帕西瓦尔在新加坡率部队向日军投降。两人都是刚从战俘营里获释，然后乘飞机匆匆赶来的。

麦克阿瑟将军请他们走过来站在自己的身后。随后，他将签署英、日两种文本投降书所用的5支笔，分别送给了温斯特和帕西瓦尔之后，将剩下的3笔赠给了美国政府档案馆、西点军校的代表和自己的夫人。

将军的举动让现场的人们既惊讶，又嫉妒。一般来说，这些荣誉应该属于那些战功显赫的常胜将军才对。但麦克阿瑟自有他的良苦用心。这两个人都是在率部队苦战之后，因寡不敌众，而且又无援兵，且在接受上级旨意的情况下，为了避免更多人无谓的牺牲，才率部下忍辱负重放弃抵抗的。所以说他们也是英雄。

麦克阿瑟用这种特殊的方式，给予了两位尽职的将军最好的表扬。因为他们的过去也充满着闪光点。赞美是一种博取好感和维系好感的最有效的方法，但其深远的意义，还不止于此。如果领导者能够很好地应用它，就会成为领导者在工作中促使员工继续努力的最强烈的兴奋剂，更能增强员工成功的自信心。这种自信心在员工的心中最易滋长，只需领导者给他们一些赞美和信任。

这是因为领导者对员工的赞美是一种综合性的肯定，它只是一种手段，不是目的。在对员工进行赞美的同时，领导者也应对其他人的某方面的特长进行细化与彰显。作为领导者，要有一双识人的慧眼，善于从员工的过去中发现"闪光点"，也许这个"闪光点"并不伟大，不高贵，甚至微弱，但它照样可以使员工为之一振。领导者将这些"闪光点"亲口告诉员工,就会将他们内在的自信与潜能一点一点地挖掘出来。因而,聪明的领导者往往会根据企业的具体状况,不断地在企业中设计出许多个性化的富有特色的赞美,不但找到员工身上的"闪光点",还会将这些公之于众,将之放大,进而满足多数员工内心深处的愿望。

在企业管理的过程中,员工的执行能力和自觉性的提高有赖于员工潜力的发挥,领导者的任务便是真正做到知人善用,充分发挥员工的内在潜力,使员工得到最大程度的满足。然而,通常的情况是,不是员工没有潜力,而是没有领导者对其加以成功运用。

几个老板聚在一起,不免谈到了企业的管理现状,或者是自己的经营心得。

其中一个说:"我手下有三个不成才的员工,现正准备找机会将他们炒掉。""为什么要这样做呢?他们为何不成才?"另一位老板问道。

"一个整天嫌这嫌那,专门吹毛求疵;一个杞人忧天,老是害怕企业有事;另一个浑水摸鱼,整天在外面闲荡鬼混。"第二个老板听后想了想,就说:"既然这样,你就把这三个人让给我吧!"

三个人第二天到新公司报到。新的老板开始分配工作:喜欢吹毛求疵的人,负责管理品质;害怕出事的人,让他负责安全保卫及保安系统的管理;喜欢浑水摸鱼的人,让他负责商品宣传,整天在外面跑来跑去。三个人一听,职务的分配和自己的个性相符,不禁大为兴奋,兴冲冲地走马上任。

过了一段时间,由于这三个人的卖力工作,居然使工厂的营运绩效直线上升,生意蒸蒸日上。

前任老板评价三名员工不成才,所以要将他们炒掉,而第二个老板恰是从这三个"不成才"的员工身上看到了他们的"闪光点"并将他们安排到了合适的岗位上,所以这三个员工为企业创造了可观的业绩。如果领导者不善于发现员工的闪光点，或者对他们不加利用，就是一种对人才的浪费。因为他们不知道如何做才能知人善用，充分发挥员工潜力。

企业只是一个舞台，但人才要靠领导者发现，只有将具有聪明才智的人才充分地识别、运用、培育，才能形成企业最大的资源，才能形成企业的核心竞争力。人力资源与财物资源是企业资本的两个重要部分，而人力资源比财物资源更为重要。道理其实很简单，财力资本是靠人力资本推动保持增值的，没有人力资源或人力资源不佳时，财物资源也不能发挥作用，所以宁可没有财物也要造就人。

基于人是经济人、社会人的特性，决定了物质激励是使人发挥才能的基础。在现阶段还不能把我们的企业的发展寄希望于个人的思想觉悟上，关键还要靠制度约束，其中之一是激励制度的约束。我们需要精神激励，并使其同强有力的约束机制有机结合起来。人才是企业最重要的资源，我们要用企业愿景留住人才，用职业生涯规划留人，用创业激情留住人才，靠文化留人，靠事业留人。

由于朔州能源公司办公场所紧缺，焊班和转动班共用一间屋，十一名员工中有三名女工。前年冬天，正值电站两台机组技术改造期间，天气十分寒冷，班里的地板上滴一滴水马上就会结冰。工友们从机炉现场干活回来满脸灰尘，不洗痒得难受，洗脸却冷得难受。一名女行车司机看到这个情况后就用炉子热好水，等班里其他人干完活回来时，看到的是已经为他们倒好的热洗脸水。他们用热乎乎的水洗着脸，内心感受到了真正的温暖。在她的带动下，女同志们又自己花钱买了抹脸油、护手霜等，给工友们提供方便。

由于公司处在创业阶段，班组一部分桌椅是原来在神头一厂用过的，特别是班长用的桌椅更是破烂不堪。有一次，利用他回家探亲的机会，几个小徒弟放弃星期日休息时间来到班组，找来工器具，用了整整一天的时间把他的桌椅彻底修理好，并且还把其他员工的桌椅也修整了一番。他回来后看到班里焕然一新的样子，高兴地说："不愧是我们'和谐温暖型学习型'班组的好兄弟！"

通过这两件事，电站领导者看到了员工的闪光点，及时对这些做法进行表扬，并教育大家要时时处处为他人着想，共同把班组建设好。在这种思想的引导下，班组中不知不觉形成了一种团结友爱、互相帮助、和谐温暖的氛围。在工作当中，女工们一次次将热水、毛巾递到了汗流浃背的班友手中，一次次将缝补好的工作服穿在班友身上；出工前大家相互提个醒，送他人一个安全忠告。在人员少、设备出现异常的情况下，加班加点不计报酬、不讲代价、无怨无悔；重活、险活抢着干，既圆满地完成了上级交给的各项任务，又用自己的行动筑起了一道亮丽的风景线。

发现他人身上的闪光点并及时地赞美，不但可以促使双方之间的团结友爱，还会给集体带来更多的财富。高效的团队应该有明确共识的团队目标，有清晰健全的组织分工，有简明有效的运作流程，有和谐创新的工作氛围和开放互动的学习环境。特别是在目标和分工方面应加强交流和互动，并达成共识。

集思广益，博采众长，提炼升华，就能够形成最适用于企业的方式方法。员工在为企业积累过程资产的同时也在为企业培养人才。与此同时，领导者要充分挖掘每一个员工的闪光点，充分调动每一个人的积极性，使员工与企业形成合力。

12 赞美不怕张扬

　　赞美的话，无论多么过分，也不会使对方反感。俗话说："千穿万穿，奉承话不穿。" 赞美的艺术，最重要的一点是让对方感受到真诚。即使有些张扬，也无所谓。孔子说卫国的公子荆善于使人学有所成，就是运用张扬的表扬手段。

　　子谓卫公子荆善居室。始有，曰："苟合矣。"少有，曰："苟完矣。"富有，曰："苟美矣。"（《子路篇》）

　　"善居室"不是善理财，而是指善于使人掌握高深的学识。卫公子荆所用的方法，就是夸张表扬。开始学，就鼓励说符合了；多少学点，就鼓励说完全学到了；等到学到了，就表扬说完美了。

　　子贡再谈到孔子的时候，其表扬也是极度地张扬。"他人之贤者，丘陵也，犹可逾也；仲尼，日月也，无得而逾焉。"（《子张篇》）"夫子之不可及也，犹天之不可阶而升也。"（《子张篇》）

　　赞美，是不怕张扬的。如果你是一个小团体的领导者，想要使下面的人表现得更好，那你就得想些办法了，比如，要对他们已经做到的一切极力赞美。有一点点进步或者成绩，就放大来赞美，有更多的进步，就要郑重其事地赞美，赞美得对方不好意思，使其自觉地追求更大的进步。总之，你希望他们做到什么程度，就赞美他已经做到了的那种程度。莎士比亚说："即使没有某种能力，也假定有。"即使是微小的进步，也要热烈地赞美。

　　值得注意的是，略带张扬的赞美并不是一味说他人喜欢听的话，而是说令其前进的话，给他一个前进的方向，使他在以后的工作中做得更好。另外，赞美也是领导者对下属工作成绩的认可，为了表示对下面人的感激，你可以适度地给予赞美，同时也可以用略显张扬的手法，或者可以适当地带些夸张的色彩，这样做，可以让他对自己的工作更有信心，也可以在自己的工作岗位上创造出更多的业绩。

美国十分重视人才的引进。"二战"以后，美国引进了高级科学家、工程师、医生等共24万人。在美国，一个人从小学到大学毕业，政府要付5万美元的教育经费，24万人就是120亿美元，如果再加上家长和社会对学生所付的其他费用，那么，数字一定大得惊人。所以，引进人才是一个一本万利的买卖。瑞士有位研究生研制成功一种电子笔和一套辅助设备，其性能可以用来修正遥感卫星拍摄的红外照片。

这项重大发明引起全世界的瞩目。美国一个大企业闻讯后马上派人找到那个研究生，以优厚的待遇为条件，动员他到美国去工作。瑞士一些公司也千方百计给他加薪，美国的那家企业也再加薪。最后，精明大胆的美国人说："现在我们不加了，等你们加定了，我们乘以5。"就这样，这位研究生连人带笔一起被弄到了美国。

在外人看来美国人的手法似乎有些张扬，但正是他们这种对人才不吝惜的特殊"赞美"吸引了大批的人才，这使美国在科技方面取得了相当大的进步。其实赞美并不在于话说得多好听，更重要的是切合实际和真正感动人。所以当你要鼓励、表扬他人时，动作不妨夸张点，让他真正感到你是在真心地赞美、鼓励。

有人一直存在一个错误的观念，认为赞美他人会使被赞美的那个人失去原来的斗志或干劲，变得飘飘然起来，在以后的工作中就容易失去抗挫能力。其实，赞美与培养抗挫能力并不相矛盾，如果一个人在做一些具有挑战性的事情，你赞美他，实际上就是在鼓励他。赞美一个人不能以奉献的大小而定，当他做出成绩时就应得到赞美，赞美时要真诚、适度，不要让他对你的赞美"免疫"。

当一个人很出色地完成一项任务后，你要非常热情地肯定说：
"谢谢你，你用一个创新的手法，完成了一项这么难的任务，这是一
个伟大的创举。"下班后，你可以特意留住他，邀请他一起吃饭。也
许，他的贡献并不一定有你说的那么大，但是，对他采取夸张的赞
美，能够有效地维护他的自尊心，激发他的自信心。

领导对员工的肯定与表扬可以适度地夸张。因为它不是一项科研
成果的鉴定，也不是先进模范的评比，谁也不会因为领导的表扬适度
夸张了，而批评领导不实事求是。

适度夸张的表扬，与不痛不痒的表扬，效果是不一样的。前者的
激励作用大，而且维持的时间长；后者的激励作用小，而且维持的时
间短。员工一旦受到领导热情、诚恳而又适度夸张了的表扬，将对他
以后的工作起到激励作用。

批评是一门艺术，我们应该去研究；表扬也是一门艺术，我们更
应该去研究、去实践。当然，对他人适度夸张地赞美，要因人、因
事、因时而异。如果不看对象，不分事件，不管时间，都采取夸张的
赞美，也就起不到夸张赞美的作用了。

一位中国员工被公司派到了加拿大市场，由于语言不通，加上陌
生的环境和那无法排遣的乡愁，活泼开朗的员工变得寡言少语、害怕
与外界接触，他的领导非常担忧，当他去了单位后，每隔一段时间，
他都会收到领导送给他的书，在扉页上总有一些感人的文字"我知道
你是最棒的！""你可以做得更好！"等，在这里，有的只是领导的
微笑和近乎夸张的表扬鼓励及由此带给他的无限蔓延的自信，正由于
领导的爱和鼓励，不仅驱散了员工的胆怯，也让他自由开心地度过了
适应期，而且极大地培养了他的自信。

这位领导运用的表扬艺术，让员工重新找到了自信，并发挥出了
自己应有的才能。员工有了自信心就必然愿意再接受更多的挑战。员
工日常工作中的一些小事做得很好，也许在常人看来是微不足道的，

但作为领导必须努力捕捉这些稍纵即逝的闪光点，给予必要的乃至夸张的表扬鼓励。

有的领导对员工要求过高，以致员工的行为无法达到他们的要求，经常"失败"。逐渐地，领导由期望变成失望，常以此训斥员工或当着员工的面在同事面前贬低员工，这就等于在无形中给他们贴上了"我不行"的标签。过多的失败体验和经常性地被贬低、斥责，员工就会产生"我确实不行"的自我感受，从而既对自己缺乏信心，也不去寻求获取成功的努力。日后就形成了自信心不足、主动性缺乏等不良个性，影响工作发展和环境适应能力，而领导者多说一句"你进步很大""希望你下次有更好的业绩"，将会对员工产生很好的效应。

有一句话说得好：如果一个人生活在责骂之中，他就学会了谴责；如果一个人生活在赞美之中，他就学会了自信；如果一个人生活在挖苦中，他就学会了害羞；如果一个人生活在认可之中，他就学会了自爱。

所以，无论对方的表现如何，如果他们没有犯错，我们都应给予其适当的赞美，如果他们做得很出色，就不妨用张扬一些的赞美来激励他们，让他们的内心深处孕育出更多的力量，这样他们工作的热情就会更高昂，他们为社会所创造的价值也会让我们刮目相看。

13 有的赞美
最好动静小一些

赞美是讲究技巧的，聪明的人绝不会有事没事频繁地对身边人做出廉价的赞美，因为他们懂得一个简单的道理：个个都赞美就等于没赞美，而频繁廉价的赞美不仅不能鼓舞士气，往往还会招来其他人的反感，因为在现实生活中，总有那么一些人，一看到别人在某一方面胜过自己时，心里就堵得慌、不服气。

既然是赞美，就应注意以事论理、以理服众。如需公开赞美，一定要在对方取得公认的成绩时再采取这种方式，以免让其他人感到你偏心、不公正，从而产生逆反心理；在赞美时你也应尊重客观事实，尽可能多地引用受赞美者的有关实例与数据，用事实来化解某些人的消极逆反心理；不要就事论事，要善于抓住事情的精神实质，富于哲理，给人以启迪，但切忌任意拔高、故弄玄虚。

据说，有一位年轻人给恩格斯写了一封热情洋溢的信，信中称赞恩格斯是一位无与伦比的革命导师，一位伟大的思想家，甚至称其为马克思的再现等，恩格斯并没有因为这封热情洋溢的信而有丝毫感动，反而生气地回信说："我不是什么导师、思想家，我的名字叫恩格斯。"恩格斯作为一位杰出的思想家，他不喜欢别人赞美他时有些夸张的词，又因为它和马克思近几十年的友谊，他是非常尊敬马克思的，当然会忌讳别人称他为"马克思的再现"。

生活中有一些人也会像那位年轻人那样总是弄巧成拙，他们在赞美他人的时候，总是在无意间使他人产生自我陶醉的情况，或者滋生了他们的懒惰情绪。同时也让其他的同事在背后议论，说对他人不能一视同仁，不公平。这是因为每个人都期望得到赞美，如果作为领导者的你对某一位员工的小成绩不停地表扬，或者造大表扬的声势，就会让其他的员工产生忌妒的心理，或者产生不公平感。

有的时候表扬的动作如果不小一点，还会使被表扬者也感到不舒服，这都是因为你没有掌握表扬的艺术所造成的。

古语言："会说话的人没有闲话。"所以，在表扬他人的时候一定要掌握好尺度，不要自讨没趣。不要"好话千万句，毁于一二言"。本来是非常善意的赞美，如果弄得声势浩大就会让所有人觉得不舒服。

我们不妨把赞美比作蜜糖，虽然吃起来很甜，但是吃多了同样会使人失去味觉，甚至还会让人牙疼。另外，太多的赞美也会削弱其本身的作用，甚至完全不起作用。所以你在赞美的时候也要谨慎些。比如列举对方的优点或成绩时，不要举出令人觉得无足轻重的内容。同时赞美也不可暗含对对方缺点的影射。比如一句口无遮拦的话："太好了，在一次次半途而废、错误和失败之后，您终于大获成功了。"也不能以你不相信对方能取得今日的成绩为由来表扬他。比如"我从来没有想到你能做成这件事"，或是"能取得这样的成绩，你恐怕自己都没有想到吧。"你的赞美之词不能是对待小孩或者晚辈的口吻，比如："小伙子，你做得很棒啊，这可是个了不起的成绩，就这样好好干！" 赞美作为一种正向激励手段，并不是想怎么用就怎么用，有时，不恰当的赞美不仅起不到应有的激励作用，还会带来一些意想不到的负面影响。

赞美是提高团队斗志、高效开展工作的有效手段。准确而适度的表扬，会大大增加成员的工作热情，激发其创造性与主动性。对他人的赞美比批评更能激发人提高工作质量。如果你不是想炒掉谁的话，

赞美是最好的提高工作效率的办法。

在赞美他人的时候不要说些可有可无的客套敷衍话，要令你的赞美真实可信。应让对方明白，你对他的赞美是经过认真考虑的肺腑之言。在赞美别人的时候，要明白无误地告诉他，是什么使你对他印象深刻。你的赞美越是与众不同，就会越清楚地让对方知道，你曾尽力深入地了解他并且清楚地告诉自己现在有此表达的愿望。

赞美对方具备某种你所欣赏的个性时，你可以列举事例为证。比如他提过的某个建议或采取过的某一行动："对您那次的果断决定，我还记忆犹新呢。这个决定使您的利润额上升了不少吧？"应尽量点明你赞美他的理由。不仅要赞美，还要让对方知道为什么要赞美他，"当时您是唯一准确地预料到这一点的人"。数据能使你的赞美更加确实可信，"有一回我算了一下，用您的方法可以节省多少时间，结果是……"

但你也要注意，赞美要恰如其分。不要借一件不足挂齿的小事赞不绝口，大肆发挥，也别抓住一个细枝末节便夸张地大唱颂歌，那样太过牵强和虚假。用词也不可过分渲染夸张。不要动辄言"最"。更重要的一点是，不要每次都用一模一样的话来赞美对方。

不要突然没头没脑地大放颂词。你对他人的赞美应该与眼下所谈的话题有所联系。请留意你在何时以什么事为引子开始赞美对方。对方提及的一个话题，他讲述的一个经历，也可能是他列举的某个数字，或是他向你解释的一种结果，都可以用来作为引子。

重要的不仅是你说了些什么，还有你是怎样来表达的。你的用词，你的姿势和表情，以及你表扬他人时友善和认真的程度都至关重要。它们是显示你内心真实想法的指示器。你应直视对方的眼睛，面带笑容，注意自己的语气，讲话要响亮清晰、干脆利落，不要细声慢语、吞吞吐吐，也别欲语还休。小心不要用那种令人生厌的开头："顺便我还可以提一下，您的还算不赖。"这让你的赞美听起来心不甘、情不愿，又像是应付差事。如果条件合适，你甚至可以在赞美的同时握着对方的手，或轻轻拍拍他的胳膊，营造一点亲密无间的气氛。

一男青年晚上在饭店碰到一位认识的女士，她正和一位女伴在用餐，两人刚听完歌剧，穿戴漂亮。这位男青年不觉眼前一亮，很想恭维一下对方："噢，康斯坦泽，今晚你看上去真漂亮，很像个女人。"对方难免生气："我平常看上去什么样呢？像个清洁工吗？"

还有一个例子是在一次管理层会议上，一位报告人登台了。会议主持人向略显吃惊的观众介绍："这位就是刘女士，这几年来她的销售培训工作做得非常出色，也算有点儿名气了。"这末尾的一句话显然画蛇添足得让人不太舒心，什么叫"也算有点儿名气"呢？

这些赞美的话会由于用词不当，让对方听来不像赞美，倒更像是贬低或侮辱。结果自然是不欢而散，事与愿违。所以在赞美他人时也请谨慎小心。比如，列举对方身上的优点或成绩时，不要举出让听者觉得无足轻重的内容，比如向客户介绍自己的销售员时说他"很和气"和"纪律观念强"之类与推销工作无甚干系的事。或许有些人很少受赞美，所以听到别人赞美他时会不知所措。还有些人在受到赞美时想要表明，取得优秀成绩对他来说是家常便饭。这两种人面对赞美的反应几乎一模一样："这不算什么特别的事，这是应该的，是我的分内事。"

听到对方这种回答时，你不要一声不响，此时的沉默表示你同意他的话。这就好像在对他说："是啊，你说得对，我为什么要赞美你呢，我收回刚才的话。"相反，你应该再次赞美他，强调你认为这是值得赞美的事。请简短地重复一遍对他哪些方面的成绩特别看重，以及你为什么认为他表现出众。孔子曾说过："赠人以言，重如珠玉，伤人以言，甚于剑戟。"

赞美的度一定要把握好。因为有些时候，赞美得太多还不如少

赞美些管用。培根说："即使好心的称赞，也要适可而止。"西奥多·罗斯福总统的军事参谋阿奇·巴特对这一问题就有着清醒的认识。

在和罗斯福交往过的人中，很少有人当着罗斯福的面指出他的错误。这些人嘴里永远这样不停地唠叨："简直太不可思议啦！这难道不是奇迹吗？多么超凡出众！"巴特称他们为"一群疯狂的摇尾者"。虽然巴特非常钦佩罗斯福，但是他并没有像这些"疯狂的摇尾者"一样嘴里充斥着阿谀奉承。结果，很少有人能比他更顺利地赢得罗斯福总统的喜爱和尊重。

当然，赞美别人并非不讲原则，否则，就有阿谀奉承之嫌了。真正明智之人对于无休止的恭维和艳羡也并不喜欢。领导者绝对不可以随随便便地赞美别人。对于那些摸不清底细的人，最好是慢慢地深入了解，等到找出他们喜欢的赞美方式，再使用这一策略也不迟。比如，一个你根本不认识的人，一见面就对你的头发和指甲指手画脚地赞美一通，以致所有人都对这种毫无头绪的赞美感到莫名其妙。因此，赞美要了解对方的喜好，否则马屁有可能拍到马蹄上。

赞美可公开进行或暗中表达，两者都以正当而合理为适宜。暗中赞美不失正当，才是正途。凡是大家看法想法一致，不易引起众人反感，可公开赞美，目的在于获得大家良好的响应，以扩大影响。若是见仁见智互异，可又非奖赏不可，便可暗中进行，以减少误解或不满。员工有些行为，例如为维护企业信誉而与外人打架，应该私下感谢，以防群起仿效。普遍性的，可公开实施。特殊性的，除非众所公认，否则以暗中进行为宜。牵涉到个人荣誉的，私下表扬；单位或团体荣誉，公开表扬。有关苦劳的奖赏，大家差不多，公开赞美。有关功劳的奖赏，彼此相差颇大，最好暗中给予赞美，此举可以维护较差者的面子，激励其下次努力赶上。公开等于撕破脸，用"无所谓"来回应，就失去赞美作用。

赞美对方的机会几乎总是出现在偏重私人性的谈话中。大多数时候在谈话中你一定会谈及其他事情。但你对对方的赞美应始终成为一个相对独立的话题和段落。赞美对方的这个时刻，你越是集中注意力，心无旁骛，赞美的效果就会越好。所以，在这一刻你不要再扯其他事情，要让这一段谈话紧紧围绕你的赞美之词，不要中途"跑题"。

让对方对你的赞美之词有一个"余音绕梁"的回味空间，不要话音刚落就硬生生地谈其他与对方有分歧的事，弄得对方前一刻的喜悦心情顷刻化为乌有。别把你的赞美和关系到实际利益的话题联系在一起，这些话题换个场合交谈会更合适。假若你的谈话旨在推销产品或获取信息，你赞美了对方之后要留出些时间，不能马上话锋一转切入主题。要避免给对方这样的印象：你前面的赞美只是实现你推销目标的一块铺路石。

请不要用杀风景的陈词滥调来结束你们的谈话，记住，纯粹的赞美效果最佳。许多人在赞美他人时都易犯一个严重的错误：他们把赞美打了折扣再送出。对某一成绩他们不是给予百分之百的赞美，而是画蛇添足地加上几句令人沮丧的评论或是一些能很大程度削弱赞美的积极作用的话语。这种折扣不仅破坏了你的赞美，还有可能成为引起激烈争论的导火索。

尤其那些对杰出成绩的赞美，几乎无一例外地和批评一起"搭卖"。成绩越突出，人们就越觉得自己有责任去"评论"而不仅是赞美这一成绩。他们无法忍受只唱赞歌，一定要多少挑出点缺憾才罢休。同时，他们错误地把赞美他人当成了自我表现的机会。他们以为他们能够通过打了折扣的赞美来证明自己的"批判性思维能力"，从而也出出风头，显出他们的理性和水平。任何赞美的折扣，哪怕再微小，也使赞美有了瑕疵，它破坏了赞美的作用，使受赞美的一方原有的喜悦之情一扫而空，反而是那几句"额外搭配"的评论让人难以忘怀。

 赞美也需从小处着手

在对他人进行赞美时，不要用大道理，也不要拔高，那会令人不舒服。找出值得关注的细节，并要善于发现小事的重大意义。要想使自己能在对别人的赞美中体现独到之处，就在平时注意留心观察、细心思考，找出值得重视的地方，还要善于排除遮挡视线的障碍。对于有些人很容易的事，对另一些人也许很困难；当他做到时，就要表扬，使之受感动。

平凡的人在日常生活和工作中要做出非常显著的成绩并不是一件容易的事。因此，交往中应从具体的事件入手，善于发现别人哪怕是最微小的长处，并不失时机地予以赞美。赞美用语愈翔实具体，说明你对对方愈了解，对他的长处和成绩愈看重。让对方感到你的真挚、亲切和可信，你们之间的人际距离就会越来越近。如果你只是含糊其辞地赞美对方，说一些"你工作得非常出色"或者"你是一位卓越的创业者"等空泛飘浮的话语，可能引起对方的猜度，甚至产生不必要的误解和信任危机。

低效率靠管理，高效率靠赞美。赞美这个词可以分开理解，激叫做刺激，励叫做奖励。人的心灵的沟通很重要，所以可以通过一些刺激与奖励的行为来达到目的。先有感性认识，才有理性提升。既然要夸就不要囫囵地随意而过。

具体的赞美使人有一种被重视的感觉，虽然只是一个小的进步，小的贡献，但你提出赞美时，他内心里升腾出的被尊重感就会使他充满一种要超越这一次贡献的愿望。世界上所有的奇迹都是在强烈的欲望下产生出来的。一旦知道了什么地方做得很好，人们就会去努力把这一地方做到更好。

为一件小事诚恳地赞美一个人，比挑一件很大的事要有效得多。"勿以善小而不为，勿以恶小而为之。" 赞美他人也必须遵守同样的道理。在现实生活中，不是每一个人都是人杰英雄，更多的是凡夫俗子，即使是伟人、名人也不一定天天都有惊天动地的举动可供你赞美。在赞美他人时一定要慷慨大方，不要等别人干了大事才去赞美他，要善于从小的事情着手去赞美他人。

3M公司平均每天要诞生1.4亿个新产品。如此创造活力来自于这家企业宽松、自由的氛围，尊重员工的哪怕是极小的创意，千方百计地使其成为新产品的激励机制。一个上级要否决下属员工的某个创意，须有足够证明其必定失败的证据。3M公司的产品研制开发有两条不成文的规矩，一个是推广员工暗自进行科研的所谓"私酿美酒"；另一个是允许员工利用15%的工作时间进行自己喜好的研究。3M公司推出的热门产品几乎都出自员工的业余创造发明。

由此可见，企业一定要重视员工。千万别以为你需求的只是他们的一双手，哪怕他们真的只是工人，这双手也是由一个有思维的大脑所支配的。在如今这个年代，员工的大脑能够更为真切地感受企业的冷暖。在一个毫无发展前途、根本得不到重视的企业工作，员工只会越来越消极怠工。企业并不需要给自己的每一位员工都升职、加薪，但是，企业需要重视员工，给予员工足够的重视与鼓励，使其意识到他是企业较为重要的一员，而不只是为企业赚钱的工具。

很多人往往专注于日常的紧急事务，而忘记了需要定期赞美自己的合作者，直到士气尽失才会想起。士气一旦丧失，合作者就有可能离去，这时才会手忙脚乱、绞尽脑汁地鼓舞和赞美留下来的人。但是要重振已失的士气比平时通过小事保持高昂的士气更为困难。

为了在业务繁忙季节保持员工的高昂斗志，信诺保险公司的经理人亲自推着咖啡车走遍办公室，为一线的同僚们提供点心饮品。员工们不仅可以感受到管理层的关怀，而且可以利用这个机会同时提出并解决客户的问题。

在公司的业务紧张时期，经理人会用"感激不尽"奖来赞美员工。由某个人把一束鲜花献给一个辛勤工作的员工，这名员工会留下一朵花和一张卡片，然后把剩下的鲜花和卡片传给下一个人，依此类推。在一天工作结束的时候，大家再收齐所有卡片抽取奖品。

现实生活中，只要你是有心人，就会发现有许多的小事值得我们去赞美。要从一件小事上去赞美他人首先必须注重细节，不要对他人在细节上所花费的时间和心血视而不见，而要特别地对他人的这番煞费苦心表示肯定和感谢。因为对方所做的一些小事，既说明对方对此的偏爱，也说明他渴望得到应有的肯定与赞美。赞美他人从小处入手，就是要在细微之处下工夫，利用细小刺激来影响特定情形下的心理。

摩托罗拉公司为了提高劳动生产率，逐渐摸索、实行了一套职工自我管理制度。在各个生产环节组织工人小组，由工人实行自我管理。在工人小组中，制定预算、控制存货和增减人手等事务，都由工人自行决定。

实行职工自我管理加强了工人的责任感。结果，职工缺勤率仅为2.5%，远低于其他公司。公司供电站的一场事故曾使油漆车间的冷却供应中断。一个工人维修小组为修理供电站，连续工作了36个小时。这说明，实行职工自我管理加强了工人的奉献精神。

每个人都渴望获得他人的尊重和欣赏，所以，你应学会尊重和欣赏你身边的人。当他人向你提出工作建议时，这个建议可能并不符合现实情况，但他向你提出建议本身就应该得到尊重和欣赏。你应该尊重他的诚恳和责任心，同时也要欣赏他的勇气。其实，在日常生活和工作中类似的小事还有很多。如果你换个眼光，从尊重和欣赏的角度来对待身边人的工作，就会发现每个人都有很多可圈可点的优点和特长。如果将这些优点和特长不断地加以放大，并且在团队内部不断地传播，这些优点和特长就会成为所有组织成员的共同财富。尊重和欣赏他人是对他人进行的感情投资。所谓人本管理实际上就是严格管理和感情投资的结合。

在大通曼哈顿银行，如果发现所属员工做了好事，不管事情大小，一定要赞美。大家都听过赏罚分明这句话，不过要确实做到，并不简单。银行要求自己非做到不可，大通曼哈顿银行从不会吝啬对员工的鼓励。银行老总认为在众人面前赞美做好事的职工，非常重要，即使微不足道的小事，也要赞美，让对方产生成就感与价值感。赞美不一定要采取发给奖金的方式，例如除了赞美之外，还可以招待职工到国外旅行。

"嗯，完成得很好，头一次就能完成得这样好，可不简单！"

"啊，是吗？"受到科长赞美的小李，显得非常高兴，他合格地完成了工作任务，心情十分愉快，同时也增强了信心，"这样的工作我也能做了。"

许多人发现批评要比赞美更容易，但他们因此失掉表达赏识和激励员工的机会。每个对工作尽心尽力的人都需要得到别人肯定。报酬固然重要，但多数员工认为获得报酬只是一种权利，是他们工作付出的交换。正如一位管理顾问所言，"报酬是一种权利；给予肯定则是一件礼物。"

成就感是影响团队归属感的重要因素。如果一个成员能够在自己的团队中取得强烈的成就感，那么他的归属感就会大大地增强。所以，领导者就应该时刻关注员工的工作，对于其业绩要及时鼓励，这样，员工就不会觉得被领导者所忽略，归属感也会大大增强。

通用总裁韦尔奇在他年轻时是这么做的：他和他的工程师小组庆

祝每一次取得的胜利，哪怕这种胜利是多么的微不足道，哪怕这种成功感是多么的不值得称道，或者是一份小小的订单，或者是增加了十名新的顾客，他们就会出去庆祝一番，尽可能通过一切方式来奖励他们自己。作为领导者应该随时了解员工的工作状态，以便于员工能够更好地适应工作，更好地配合自己的工作。

赞美能给人以信心，能让对方充满自信地面对生活。一个人被人认为是世界上最完美的，可以想象他是何等兴奋，所以心中有爱的人对待生活总是积极、乐观的，充满自信的。许多大企业家告诉我们，他们在提升一个人之前，喜欢了解这个人妻子的有关情况，他们感兴趣的当然不是她的长相、她的贤惠，而主要在于她是否对丈夫有一种信任感。如果一个妻子认可其丈夫并给他一种感觉，她和丈夫在一起是愉快的，那么，每当丈夫回家时，他就能在她的臂膀中得到一种自信和激励，第二天，他能充满自信地面对生活。

赞美能使对方感到满足，使对方兴奋，而且会有一种做得更好以讨对方欢心的心理。如果一个人得到自己上司的赞美，他肯定会尽力表现得更好，而如果是一个小孩得到别人的赞美，那他的表现会令人大吃一惊。有一个小孩总因喜欢在家具上刻画而遭惩罚，心理学家为他买来雕刻工具，并且教他如何使用，如何设计，还赞美他："你雕刻的东西比我所认识的任何一个人雕的都好。"一天，小孩使任何一个人大吃一惊：没任何人要求他，他把自己房间打扫一新。当问他为什么时，他的回答是"我想你会喜欢的"。

赞美别人也得懂得一些技巧。首先要尽量去赞美别人一些他自己不很自信或不被众人所知的优点，如果一个国家级运动员和你第一次见面，你表示赞美他的运动成绩，除了让他一笑以外，不会产生什么特别的感觉，而如果你赞美他的风度和气质，他会非常高兴。

赞美别人也不能无中生有，对方根本没有的优点甚至是缺点，而

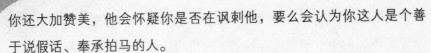
你还大加赞美，他会怀疑你是否在讽刺他，要么会认为你这人是个善于说假话、奉承拍马的人。

另外，单独对待每个人总能让人有种被赞美的感觉。当你到朋友家做客，朋友向你介绍了他的三个孩子后，你不是点头微笑而是走过去一一握手并问好，他们马上会对你产生好感。如果你能用这样的方式来对待自己身边的朋友，相信你一定会成为受欢迎的人。

 赞美要有针对性

在日常的工作中，我们发现，有些人对于他人的赞美表现得很不以为然，其他人也对此议论纷纷，他们似乎并不怎么认同赞美。这是怎么回事呢？多数情况下，这主要是因为赞美者掺杂了个人的感情，没有以事实为依据客观公正地进行赞美。这种赞美反而起到了反作用。

赞美的目的是为了鼓励他人，使他人继续努力，以后做出更好的成绩来，因此，赞美的对象应是真正值得赞美的人和事，这样才能取得较好的效果。对他人进行赞美时不应该涉及个人的感情因素，不论你与被赞美者的关系如何，都应一视同仁。只有尊重客观事实，实事求是地进行赞美，使受赞美的人和其他人都觉得恰如其分，恰到好处，才能使你的赞美达到好的效果，让受赞美者在赞美声中更加努力。

有一个员工出色地完成了任务，兴高采烈地对主管说："我有一个好消息，我跟了两个月的那个客户今天终于同意签约了，而且订单金额会比我们预期的多20%，这将是我们这个季度价值最大的订单。"但是这位主管对那名员工的优秀业绩的反应却很冷淡，"是吗？你今天上班怎么迟到了？"员工说："二环路上堵车了。"此时主管严厉地说："迟到还找理由，都像你这样，公司的业务还怎么做！"员工垂头丧气地回答："那我今后注意。"一脸沮丧的员工有气无力地离开了主管的办公室。

通过上面的例子可以看出，该员工寻求主管激励时，不仅没有得到主管的任何表扬和赞美，反而只因该员工偶尔迟到之事，就主观、武断地严加训斥这名本该受到赞美的职工，结果致使这名员工的积极情绪受到了很大的挫伤，没有获得肯定和认可的心理需求满足。实际上，进行激励并非一件难事。对他人进行话语的认可，或通过表情的传递都可以满足其被重视、被认可的需求，从而收到激励的效果。

在对员工科学考核的基础上，花旗集团通过各种手段与方式对员工进行激励，肯定员工成绩，鞭策员工改善工作中的不足。作为全球最大的金融机构，花旗集团建立了完善、科学的激励体系，并随市场与公司的发展情况进行及时调整。

每年年底，根据员工的不同业绩表现，每一名员工都会得到花旗颁发的红包，奖励的金额不等，奖励员工一年的辛勤贡献。

花旗银行中国区表现突出的员工，还将被奖励赴澳大利亚等海外旅游，并可以携带一名家属。这种激励方式不但对员工起到了有效的激励作用，增加了员工的忠诚度，更赢得了员工家属的理解和支持，让他们感到自己的亲人在一个人性化的氛围中工作，也增强了家属对员工的自豪感。

花旗银行有着完善的员工激励机制。花旗银行除了对工作业绩出色的员工给予奖励外，还给予他们花旗银行的期权，使银行利益与员工个人利益紧密联系在一起。

激励还包括对员工职位的晋升。在花旗，鼓励员工承担更大的责任，让他们稳步成长为优秀的金融专业人才。每一次职位的晋升，每一次给员工设定更大的目标，每一次对员工的挑战，都激励着花旗员工奋勇向前，为给花旗创造更优秀的业绩，为实现自己的职业梦想而努力。

形形色色的培训机会当然也是花旗集团重要的激励手段。在花旗集团，表现突出的员工将得到更多的培训机会，将被派往马尼拉的花旗亚太区金融管理学院甚至美国总部进行培训，全面提高各种技能，锻炼领导力，开拓国际化视野，为担当更大责任做准备。

在花旗集团对员工的激励手段中，许多时候物质与精神的奖励并重并结合在一起。例如，"花旗品质服务卓越奖"，奖励那些在公司内部服务与外部服务方面都表现出高品质的员工；花旗每年都设有"最佳团队奖"，奖励那些完成重大项目的团队，如完成某个项目，提高了工作效率等。一般表现突出的5%的员工才会得到这种奖励。在花旗中国，每年10月份进行评比，由人力资源部组织并参与，对候选人与团队进行评估与讨论，11月份公布评比结果。评选结束，花旗集团会为员工颁发有花旗全球总裁签名的奖状和奖杯，以及相应的物质奖励。

花旗采取不同的激励手段，掌握不同的激励程度，使每个层次的员工都得到了认可和表扬。管理是管理人的艺术，是运用最科学的手段，更灵活的制度调动人的情感和积极性的艺术，无论什么样的企业要发展都离不开人的创造力和积极性，因此，企业一定要重视对员工的激励，根据实际情况，综合运用多种激励机制，把激励的手段和目的结合起来，改变思维模式，真正建立起适应企业特色、时代特点和员工需求的开放的激励体系，使企业在激烈的市场竞争中立于不败。

人都有一种强烈的愿望——被人赞美，赞美就是发现价值或提高

价值，我们每个人总是在寻找那些能发现和提高我们价值的人。在日常生活中，取得显著成就的人并不多见。因此，在人与人之间的交往中，应从工作和生活中的具体事件切入，从细节出发，发现他人平实的长处抑或微不足道的优点，并要不失时机地予以赞美。当然，赞美他人的语言愈具体、细致愈好，这标志着你很在意对方，愿意花费时间和精力去了解未取得巨大成就的他，很欣赏和认同他，以及得到的成功。让对方从言语之中感受到你的真挚、亲切和可信，从而加深你们之间的情意，拉近彼此的心灵。反之，如果只是空泛、概括地赞美对方"你工作得非常出色""你是一位卓越的领导"……则很难深入对方的心灵，也许会引起对方的反感与怀疑，甚至产生不必要的误解和信任危机。

在一次午餐会上，一位年轻医生带着疲倦不堪的神态姗姗来迟，"要是电话不会响就好了！"他抱怨，"不断地有人来找我，这让我抽不出时间去别的地方。有时我真想装上电话消音器……"

此时，同席的老医生说："吉姆，我以前也曾有过这样的感觉。不过，你不能厌烦这些电话铃声，因为这是人们对你有所期待，或需要你的表示；如果别人都不需要你，你活着还有什么意义？所以，你应该为此感到高兴才对。"

要得到他人的喜爱，首先必须真诚地喜欢他人。这种喜欢必须是发自内心的，而非另有所图。而能使你喜欢别人的一种思维方式，便是以一种积极的心态，而非消极的想法对待其他人。

据钱穆先生的《秦汉史》中研究，"商鞅变法"其重要者，如"废贵族世袭""制军爵"等诸项，东方诸国本属早已推行，商鞅不过携东方之新空气，至西方如法炮制，使秦人赶上东方一步，并后来居上，所谓"新军国之创建，惟秦为最有成功焉"。也就是说，按"获敌首"多少，授予各级武功爵位的激励机制，并不是秦国所独有，比如离秦国最近的韩国，也早就有类似秦国的"制军爵"。这个在《韩非子》中就有记载，但为什么同样的激励机制，在秦国就可以大行其道，在韩国就没了效果呢？

在这里我们不想做什么深入的历史研究，只想指出一点，人都有趋利避害的本性，试想一下当韩国的士兵在战场上遭遇到的是如狼似虎的秦国军团的时候，"制军爵"还能发挥什么样的作用？同样是砍下敌人的脑袋换取"军爵"，是砍下剽悍的秦军的首级风险大、代价高，还是举手投降，待被秦军收编之后，掉头去砍下积贫积弱的其他六国军队的脑袋更合算呢？

据《史记·秦始皇本纪》中记载，秦王政十七年（公元前230年）攻韩，以摧枯拉朽之势，第一个就把韩国灭掉了。在此过程中，韩国军队几乎就没有什么像样的抵抗，连"慷慨悲歌之士"都没涌现一个。也就是说，"制军爵"的奖励政策，不但没有提高韩国军队的战斗力，反而趋利的心态让韩国军人连一点点"保家卫国"的斗志都荡然无存了！

由此看来，"重赏之下必有勇夫"这句话不是在任何情况下都管用的。如果你是一个集体的领导，你不但要用物质的激励来留住人才，还要运用好赞美的艺术，要让手下的人真正地从内心深处感受到你对自己的重视，这样他们才会在工作中找到自己的位置，才会在位置上发挥出更多的才能。而这一点只要你能够做到就事论事、具体地针对地赞美他人即可。

简单的赞美也很有效

　　赞美是世界上最动听的语言，在人际交往中，对他人的一句赞美要比十句批评更管用。真正成功者，都是那些善于恰当地赞美他人、肯定他人的人。赞美他人对于我们每个人来讲都不是一件很难的事情，稍加学习就会掌握赞美的技巧，而你所要做的只不过是简单的赞美。

　　正如有人所说的："花一块钱在精巧独特的东西上比花五十块钱在普通、没有特色的东西上要值得多。"然而，许多人往往不愿意使用有趣、简单的赞美方法，因为他们担心这些方法难登大雅之堂，似乎会破坏自己严肃的形象或信誉。其实这种担心是完全没有必要的。因为，得到认可是一种积极的、激励人心的体验，而简单的赞美足以做到这一点。

　　在惠普公司，一位工程师冲进上司的办公室，宣布他找到了一个方法，解决了一个困扰全组数周之久的问题。这位上司急忙在桌上四处翻找，想要找件东西来奖励这位员工，结果把一根本来午餐要吃的香蕉交给了他，并说："干得好，恭喜！"一开始这名员工迷惑不解，但长久下来，"金香蕉奖"最终成为了该部门奖励富有创新精神的员工的最高荣誉之一。

　　一根普通的香蕉看似很简单，但是它所表示出的意义却不同，正因为在那样的环境中，香蕉成了一种非常简单的赞美，所以它及时地鼓舞了员工的斗志，也让他能够在以后的工作中发挥得更好。格雷班说道："的确，任何东西都可以成为向别人表示赞美的象征。"

美国沟通管理协会最近一项调查结果也证实了，对他人的出色表现表示认可是提高工作绩效最重要的激励因素。但是有多少人认为"赞美他人"是他们工作的一个重要部分呢？遗憾的是，这样的人很少，这样的领导更是不多。虽然接受调查的领导者中有三分之一表示自己更愿意在能够获得更多认可的企业中工作，但是他们在平时的工作中却很少对手下的员工进行简单的赞美。甚至有的还在苦思如何才能激发员工动力，让他们保持愉快的情绪，对企业忠诚不二。

坦迪公司用一只三英尺高的大猩猩玩偶来表示对员工进取和创新精神的认可。如果有员工提出了一个值得赞赏的创意，这只大猩猩就会被放在他的身边，直到其他人提出新的创意它才会被挪到新的位置上。

把一个大猩猩玩偶放到谁的位置上，并不是一种多么伟大的赞美方式，但也正是这种简单的赞美方式，让员工们感觉到了光荣，觉得自己所做出的成绩得到了认可，所以他们会更加努力地工作，争取下次，那只可爱的大猩猩玩偶还来到自己的身边。

一位经理人回忆起以前她的上司曾奖励她一个奖品，虽不贵重但效果显著。当时，她的上司对她说："这是给你的，因为你为我们这里增添了'火花'。"奖品就是一个挂在缎带上的"火花塞"。她现在仍把这个奖品珍藏在首饰盒里，纪念自己第一次在工作上获得认可，并确信自己是个有用、有影响的人。

做这些事并不需要花费多高的成本，但这些简单的赞美对他人的影响却是无价的。诸多研究结果均显示，简单的赞美与认可有助于激发被赞美者的工作动力，从而取得最佳绩效。

人的要求其实很简单，他们真正想要的，就是在他们成功完成任务之后能够得到他们所尊重的人的赞美。正如玫琳凯化妆品公司创始人艾施所言："这好比每个人的脖子上都挂着一个牌子，上面写着：

我需要受重视的感觉。"的确，薪酬是很重要，但大部分人都认为获取薪酬是一项权利，是工作应得的。就如同管理大师坎特所说的："薪酬是权利，认可是礼物。"但简单的赞美则不同，它可以及时地触动员工心灵深处的那根弦，并让他为之动容。

几十年前，林道尔进行了员工对工作期望的经典研究。近年来，又有很多人重复进行了这些研究，并且得出与多年前类似的结果。领导者认为员工努力工作的主要原因是高薪、工作保障与升迁或成长机会。但是另一方面，员工列举的最想从工作中得到的却是些无形的东西，例如因工作表现出色而得到赞美、对企业事务的参与感，以及领导的赏识。当双方分别把他们认为对员工最重要的激励因素排出前十名时，"因出色工作表现得到赞美"在员工列表中排名第一，在领导者列表中则排名第八；员工把"参与感"列为第二，领导者则把它排在第十。

这说明现在仍有很多人没有意识到简单的赞美对他人所起到的作用。正因如此，我们的管理中才存在着一定的偏差。如果每一位领导者都能够清楚地知道员工真正想要的是什么，并及时地给他们创造机会，员工们的工作热情就会被更好地激发。当然也有一部分领导者正在努力地这样做着。

比如，有的领导者为感谢员工而另辟蹊径，装扮成服务生为员工奉上一顿极富特色的休息餐；员工自行评选在当月的工作中，服务或业绩最出色的"每月之星"；企业在员工工作周年纪念日赠送电影票或购物券，以表示对员工长期服务于企业的感谢；"没有理由"地即兴聚餐或者集体旅游。

要创造一个能够激发他人动力的工作环境，必须首先消除与他们之间的认知差距。你必须学会赞美自己希望在对方身上看到的表现，赞美方式必须是对方而不仅仅是你自己重视并认为是有意义的。

简单赞美的方法也是多种多样的，密歇根州零售商协会每年有五次董事会议，每次会后的周五都会举办一系列由专人服务的员工早餐会，与员工分享信息，并向他们通报协会的重要政策行动和最新发展动向。密苏里广播电视厂的代理总裁和总经理乔治·威廉说过："当一个雇员极其出色地完成了一件工作，或为节约资金和削减消费提出一个很好的建议时，我就会来到他的生产线，当着所有同伴的面说：'万分感谢，贝尔，我真为你感到骄傲。'仅仅一句话，他就会比以前更努力地工作。每个人都是如此，人人都需要这样的'蜜汁'。"

格雷班说道："的确，任何东西都可以成为向别人表示赞赏的象征。三年多前，我在一张便条纸上画了一颗星星，涂上颜色，然后送给了那天曾帮我解决问题的人。后来他又把它送给第二个人，第二个人又传给第三个人，就这样传开去。每使用一次，这颗星星就多了一层特殊的意义。现在我们给这张纸安了一个磁背托，把它传给帮助了别人或忙碌了一天的人。大家都很喜欢！" 美国电话电报公司环球信用卡服务部设置了四十多种认可与奖励计划，其中一种叫"感恩的世界"，即在一沓沓成球状的彩纸上用各种语言写满"谢谢你"的字样。每个人都可以给其他人留下感谢的信息，并发给所感谢的人。这一项目大受欢迎，四年内就用了13万张这种便条。

马克·吐温说过，听到一句得体的称赞，能使他陶醉两个月。此话多么正确！我们获得别人夸奖之后，不是也反复回味、心情兴奋吗？

方先生领导着一个不错的销售队伍，手下大概有二三十个员工，这个团队的业绩一直不错，可是想要做到公司最佳销售团队，却似乎总达不到。方先生的感觉是，这个团队好像缺了点什么。一个偶然的机会，方先生带着队伍参加了一个团队拓展训练，当时大家玩得非常开心，以前所未有的合作共同完成了很多高难度的项目。训练回来后，方先生辗转难眠，他意识到，团队缺少的就是一种信念、一种相互扶持、互相帮助的氛围。

　　他于是给员工下达命令，每天最少要夸一名同事，要努力地帮每一名需求帮助的同事。自己也以身作则，一改以前的不苟言笑的作风，将表扬挂在了嘴边，甚至对于那些工作不理想的员工，也由以前的批评变成了鼓励。办公室的笑声渐渐多了，每个人的声音都开始充满了信心和力量，一股勃勃生气荡漾在每个员工的身边。刚好不久后一个员工过生日，方先生悄悄定了一个大蛋糕，下班后，大家推着蛋糕唱着生日歌出现的时候，方先生看到这名员工的眼眶湿了。从那以后，这个团队里每个人的生日都是一起过的。

　　这个团队因为领导者对表扬意识的提高，而成了企业在全国销售队伍中的佼佼者，方先生认为，做销售的，一直就是多劳多得，可这并不意味着有了物质激励员工就一定会努力，努力了就一定会有结果。恰当地利用精神薪酬，真的是事半功倍，而这种所谓的薪酬方式，只不过是简单地对员工进行表扬而已。

　　肯定他人的成绩时，一些简单的、可以将肯定与鼓励相结合起来的短语，就能起到很好的效果！如"你的工作真出色""我感谢你对这项工作所做的所有努力""了不起"等。不过，称赞有别于阿谀。缺乏诚意的称赞虽然悦耳，但却无法契入内心。还有，华丽的词句通常都是多余的。最简单的赞美最能令人感动。

　　某公司的老板难得说一句赞美员工工作表现良好的话。不过，有一份员工自己写的报告，内容是关于如何促进与顾客的关系的，员工至今仍然保留着。他写过的报告数以百计，为什么这一份会使他念念不忘呢？因为老板在它上面潦草地批了两个字："高见！"

　　洛杉矶加州大学篮球队的名教练约翰·伍登吩咐他的队员，每次他们得分之后，都必须向传球给他们的队友微笑、眨眼或点头。有一个队员问道："要是他没有望过来，那怎么办？"

　　"我担保他会望过来的。"伍登回答。

　　心理学家威廉·吉姆斯说过，人们渴望得到赞美，没有人从内心里认为自己受到的赞美太多。因此，简单的赞美也是强大的动力。

 **公开的赞美更令人激动**

无论做任何事情，方法都至关重要，运用自己的智慧主动选择有效的方法，才是聪明者的做事风格。因此，你有必要学习各种赞美的方法，平日里多细心体会，苦练内功。当然也不要过分拘泥于某一固定的套路，而应在实际中灵活运用。如果自然而然、轻松随意地达到赞美的目的，那才是最好的赞美。

当你需要对某个人进行赞美时，不妨在众人的面前或是开会的场合，公开赞美他的优良事迹。除了让其备受肯定、面子十足，心想下次要表现得更好之外，也是在建立自己的标准，让其他人能见贤思齐。

某老板一次当着同事面赞美了夏雨，他连着几天觉得自己像是生活在极乐世界。不过，大家也很清楚，公开赞美也同样有弊病。要想收到激励效果，对在场者都要给予赞美。而一般应在员工取得公认的成绩时再采取公开赞美的方式。这种赞美方式比较郑重，不可多用，应该有充分的准备，赞美的事应该是核实过的，较突出的。赞美时最好是伴以分析，务必使赞美达到增强本人信心的目的，他人听了服气，大家都有震动的效果。所以说，赞美一定要在点子上。

某世界知名公司召开定期的员工激励会议时，几千名员工聚集在一个很大的体育场中，所有的人为上一期目标的达成摇旗呐喊。这个时候公司的中心人物和优秀员工一起出场，他们首先绕场跑三周，向

每一个人挥手致意。然后他们共同挥舞起一面巨大的旗帜，旗帜上写着下一期的目标。员工们受到他们的激励也随之欢呼不已，相互呼应起到了很好的效果。每一个人都期盼着这样的会议，每一个人都努力工作，希望成为下一个会议中绕场奔跑的"主角"。

赞美也好，批评也好，目的都是为了弘扬先进，鞭策后进。批评人大多宜在私下进行，而赞美则应在公开场合进行。这样才能让其他人了解受赞美者为何人，为什么受到赞美，应向他学习什么等，起到树立榜样，鞭策后进的作用。同时对受赞美者来说，被别人所了解是对他工作的认可，同时也满足了他自我实现的需要，从而具有更好的赞美效果。

每个人都需要知道他们自己正在做什么、自己这样做的意义是什么。在他们觉得自己做得很出色的时候，公开地赞美他们，就可以鼓舞起他们继续奋斗的士气。

这就是赞美的效果，要使对方始终处于施展才干的最佳状态，唯一有效的方法，就是赞美和奖励。身为领导者，要经常在适当的时候、适当的场合给予员工适当的掌声，使其充分展示自身的才华。在公众场所赞美佳绩者或赠送一些礼物给表现出色者，以资鼓励，激励他们继续奋斗。

美国哈佛大学教授威廉·詹姆斯通过研究发现，在缺乏激励的组织环境中，员工的潜力只发挥出20%~30%，而在良好的激励环境中，同样的员工可以发挥出其潜力的80%~90%。可见，在企业管理中，每一位员工都需要被赞美。

当他人表现非常突出的时候，就应该当众赞美，根据情况，可以是在召开会议的时候当众赞美，也可以是在公告里通报赞美，甚至召开一个表彰大会，为业绩突出的个人和团队庆功。

当众激励的方法虽然很简单，但它产生的效果却是十分明显的。因为人的社会性决定了每个人都希望自己能够得到他人的认可与社会的承认。在特定的场合对他人表扬，便是对他热情的关注、慷慨的赞许和由衷的承认。各种关注、承认，必然会使对方产生感激不尽的心理效应，乃至视赞美者为知己，从而努力进取创造更大的效益。

玫琳凯化妆品公司就因其表扬业绩突出者的政策而闻名。优秀员工除了获得奖品和奖章以外，参加玫琳凯亲自颁奖的表彰大会就像参加庆功会一样，优秀员工站在主席台上，在一片欢呼声中领奖。获奖者说："受到上级领导的好评和同事们的拥护与得到奖品一样有意义。"

公开地赞美他人的另一个好处是，榜样的力量是无穷的，当众赞美一个人或一个集体，这就等于告诉他和其他人，被赞美的业绩是值得所有人关注和学习的，这不仅会使受赞美者更加努力地工作，而且能够激励别的人和集体向他们学习，带动整个集体取得更大的业绩。这一点类似管理学上的"鲇鱼效应"。

据说，挪威人捕沙丁鱼，抵港时如果鱼仍然活着，卖价就会高出许多，所以渔民们千方百计想让鱼活着返港。但种种努力都归于失败，只有一艘船总能带着活沙丁鱼回到港内。直到这艘船的船长死后，人们才知道了秘密：鱼槽里被放进了鲇鱼，鲇鱼在沙丁鱼中穿来穿去，沙丁鱼受到影响也摇头摆尾，促进了空气的流通，增强了自身的活力。这样一来，一条条活蹦乱跳的沙丁鱼被运回了渔港。后来，人们把这种现象称为"鲇鱼效应"。

对他人的公开赞美就像在渔船里放进了鲇鱼一样，同样可以促进团体的活力。公开赞美优秀的人是十分必要的，它能促进每个人自动自发的努力，使之迸发出原子裂变般的能量。

由于以前曾在锦江宾馆工作，杨少军对酒楼的要求很高，"只有五星级，甚至六星级的酒店服务才能让就餐客人满意。客人需要的就是高品质的服务。"所以，即便是通过电话订餐然后又退餐的客人，都会收到一张他亲笔签名的致谢函。

杨少军对自己要求如此，对员工也是一样，"我们这里，每个员工都是心理专家。"有一次，忽然一个包间客人要求见他，结果客人是要赞美包间服务员小胡，原来客人请了八个业务伙伴来进餐，并没有向小胡介绍客人的身份，不料小胡在为客人服务时，一个不漏地叫出了客人的姓和身份。在客人互相介绍、互相敬酒时，小胡就默记下了每个人的姓氏身份。客人说，这样的服务让他们感觉很温馨。这个案例成为"潮皇阁"用心服务的典范。公司随后以文件的形式，公开赞美了小胡，并给予了现金奖励。

如今，凡是到"潮皇阁"就餐的客人都会发现这里服务员很"灵性"。

杨少军对小胡公开的赞美给予了他很高的荣誉感，所以也带动了所有员工的工作热情。通常在刚开始的时候员工的士气呈现不断上升的趋势，但随着时间的推移，这种上升的速度开始变缓，并在某一时刻开始下降。但值得庆幸的是在下降一段后，员工士气会再次上升，并且会上升到一个比原来更高的阶层。这一过程将循环下去。

如何使员工保持较高的工作热情呢？迪斯尼公司人力资源部负责人里雷说："我们并不刻意地去激励员工，但是我们会创造一个支持性的工作环境，让员工们在其中自然而然地感受到激励因素的存在。"迪斯尼公司的具体做法是创建一系列的识别程序，主动去发现员工的先进事迹并及时地给予奖励。如公司将会给做了一件好事的员工一张"为你喝彩"卡。

对于他人的成绩不但要公开赞美，而且要隆重、热烈，这样才能满足被赞美者的荣誉感，激发起更大的工作热情。相反，对他人的错误，尤其是重要部将的错误，大多数情况下要私下里悄悄规劝，使其真正认错且感激你为其保留面子。这样做，比不分青红皂白就在大庭广众下批评一番效果要好得多。前辈的管理经验、他人的管理心得，都是取之不尽的管理大智慧，青少年朋友们要从这个角度多下工夫。

赞美也要看时机

有人说，劝告朋友要在无人的地方，赞美朋友要在人多的场合。这话有一定的道理，但还应注意时机问题。赞美要选准时机，在最适合的场合表达你由衷的赞美；否则，即使赞美是满怀诚意的，也可能造成负面影响。

这就要求赞美者在说赞美和鼓励的话时看时机来说，因为太多赞美、鼓励的话，有时就会使被赞美者无法正确认识和对待自己的缺点了。赞美的效果在于相机行事、适可而止，真正做到"美酒饮到微醉后，好花看到半开时"，把握最好的时机。

一位武学高手在一场典礼中，跪在武学宗师的面前，正准备接受来之不易的黑带，经过多年的严格训练，这个徒弟武功不断精进，终于可以在这门武学里出人头地了。

"在颁给你黑带之前，你必须再通过一个考验。"武学宗师说。"我准备好了。"徒弟答道，心中以为可能是最后一回合的拳术考试。"你必须回答最基本的问题：黑带的真义是什么？""是我学武历程的结果，"徒弟不假思索地回答，"是我辛苦练功应该得到的奖励。"武学宗师等了一会儿，他显然不满意徒弟的回答，最后他开口了："你还没有到拿到黑带的时候，一年后再来。"

一年后，徒弟再度跪在武学宗师面前。"黑带的真义是什么？"宗师问。"是本门武学中杰出和最高成就的象征。"徒弟说。武学宗师等着，等着，过了好几分钟都没有说话，显然他并不满意，最后他说道："你还没有到拿到黑带的时候，一年后再来。"

一年后，徒弟又跪在武学宗师面前。"黑带的真义是什么？""黑带代表开始，代表无休无止的纪律、奋斗和追求更高标准的历程的起点。""好，你已经准备就绪，可以接受黑带和开始奋斗了。"

武学宗师的原则很简单，就是掌握好授予黑带的时机，并让学生能够在得到黑带后继续努力。这里的黑带就代表着最高的奖励，也是最有效的赞美。因为赞美的机遇和气氛就像火花一样，一闪而过，你要一闪就点，一点就燃，这样才会创造出更好的气氛。

如果你要赞美一个人，那就需要在适当的情况下，发现对方的长处，并恰如其分地去赞美对方，要让对方感到受到重视，受到尊重，受到欣赏，受到赞美。这样他们愉快的心情就会又上一个新的层次。要使自己的赞美有效，就要把握好一定的度，绝不能滥奖滥罚。孙子说："赏无度则费而无恩，罚无度则戮而无威。"

赞美是领导活动中必然要运用的一种鞭策方法。它对推进工作，实现目标，建立和发展良好的上下级关系具有重要意义。恰当的赞美能给人以美感，使人在被赞美中接受真理，传输情感，受到教育，它就像一块香皂除去人们身上的污垢，给人留下芳香。

但赞美也要端正目的，要坚持"团结、批评、团结"的方式，从团结的目的出发。经过赞美，达到新的团结。要坚持惩前毖后、治病救人的出发点，坚持大公无私的立场和与人为善的态度。赞美方式要适合被赞美者的个性心理特征，包括被赞美者的能力、气质、性格、职业、年龄、阅历等。对不同的人用不同的语言、态度、场合、时机和方法，这样才能达到最佳的赞美效果。

倪萍刚从山东调到中央电视台的时候，领导决定把"综艺大观"这一重头戏交给她。而当时，杨澜主持的"正大综艺"风头正旺，受到一致好评。实际上，她们两个人有打擂台的味道。

但当时的倪萍刚从山东话剧院调入北京，还从来没有过这方面的经验，所以她对自己根本没有信心，更没有把握。在拍摄前，倪萍惴惴不安、不知所措，这一切被导演看在眼里，他对倪萍说："你知道吗？就在你主持《人与人》这部专题片时，就有人说'这个主持真上镜，台词说得好，将来准出名，弄不好还会出大名'。"

导演及时的赞美让倪萍重新恢复了自信，她终于顺利地走了过来。切合时机的赞美，可让被赞美者增强自信，而且往往一句简单的赞美会让你收到意外的惊喜，这是真的。但不要滥用"赞美"，因为用得太多反而没有效果。因此赞美也要适可而止，用到关键处。对于赞美而言，"时机"的选择就是一个艺术。过滥的赞美就像廉价的商品，不被人重视。因此，赞美不能太随意。赞美也要讲方法，讲艺术，要看时机，看对象及表述方式，并不是所有的赞美都有效。如果方法不对，还可能适得其反。

赞美是对对方工作的肯定、赞扬或奖励，是调动被赞美者积极性，激励其工作热情，以实现工作目标的重要手段。心理学认为，人的个体行为规律需要产生动机，动机支配行动，人的需要主要有物质与精神两大类，精神需要主要通过赞美和任职来体现。人一旦有了长处、成就总需要得到人们的承认，赞美就是承认他的一种形式，使他的自我价值得到实现，特别是当他人赞美时，说明他的努力得到了认可，激励作用会更大。

"人性中最深切的禀赋是被人赏识的渴望""人是渴望赞美的动物"，因此赞美可以满足人的荣誉感和成就感的精神需要；可以为人们明辨是非树立学习的榜样；可以沟通和密切上下级之间的关系，同时也会进一步提高赞美者的素质。

毛泽东在"党委会的工作方法"一文中指出："胸中有'数'。这是说，对情况和问题一定要注意到它们的数量方面，要有基本的数量分析。任何质量都表现为一定的数量，没有数量也就没有质量。我

们有许多同志至今不懂得注意事物的数量方面，不懂得注意基本的统计、主要的百分比，不懂得注意决定事物质量的数量界限，一切都是胸中无'数'，结果就不能不犯错误。"

适时的赞美要求在确立赞美对象时要公平合理、依据事实，而不受赞美者的亲疏、好恶和远近的影响。对被赞美者的优点和成绩应恰如其分地如实反映，既不夸大，也不缩小，绝不能事实不够笔上凑，添枝加叶，人为美化。

应根据工作的总体考虑有选择、有重点地进行赞美，不应将赞美作为所有良好行为的消极被动的反映，而应作为调动被赞美者积极性，推动中心工作完成的强有力的手段。

在与被赞美者接触时，对他的进步、优点和成绩当面赞美几句，就能起到一定的鼓励作用，他会感到你了解他的工作，他的努力得到了认可，从而保持和发挥更大的积极性。赞美应当对不同层次的人用不同语气，如对有威望的长者就应用敬重的语气；对性格开朗的年轻人就应用赞赏、夸奖的语气；对性格内向疑虑心大的人就应该把话说清楚，避免产生误解。荣誉感人人都需要，针对不同的人找准他的优点、长处及时实施，个别赞美有利于与下级建立良好的人际关系。

赞美的语言要有"温度"，赞美过程始终充满暖人肺腑的语言，使赞美成为催人奋进的激励因素。所谓温度，即哲学上讲的"度"。唯物辩证法认为，事物的界限或度，是事物本身所固有的，是事物质和量的统一，是一事物区别于另一事物，事物此过程、阶段区别于另一过程、阶段的关键点。

从物质存在的基本形式看，时间和空间是物质运动的存在形式。整个物质世界在空间和时间上是无限的，但每个具体事物在空间和时间上则是有限的。就是说，各个具体事物都是有其空间界限和时间界限的。所以，我们无论从事什么工作，都要以时间、地点、条件为转移，注意掌握事物的空间界限和时间界限。平常我们所说的因地制宜、因时制宜，就是指这个意思。

19　此时无声胜有声的赞美

　　赞美的方式很多，包括物质的、语言的、肢体的。表现出色需要赞美的人一定很多，如果你不加区别地都通过语言进行口头赞美的话，势必造成语言的琐碎，而且很容易打乱工作，影响情感氛围。既然如此，你就应该开发出一种适时穿插肢体赞美的方式。这就是无声胜有声的赞美。

　　比如有的人心里希望自己能够得到他人的赞美，但表面却装作不愿意让人赞美，这时你就可以用捎带式的赞美方法，即在赞美别人时，好像不经意地顺便提一下这个员工，他也会很高兴的。

　　当赞美一个人的时候，做到无声胜有声，就达到了赞美的最高境界。特别是上下级之间，领导者用行动来表示赞美的方式是必不可少的。如果配合实际行动，不失时机地显示你对下级的关心和体贴，无疑是对下级最高的赞美，这种方法往往能在很多场合中收到最好的效果。

　　无声的语言常常胜过口头的赞美。比如点头、微笑、拍肩膀、做手势等，效果往往很好。如有一个人不能守纪律，大家对于他无计可施，可是有一次工作中，你发现他特别守纪律，而且坚持很长时间，就想赞美他一下，但若公开赞美，又显得太郑重了，反而会使他别扭。这时，你就可以利用下班的时间，从他身边经过时，对他微笑着点一下头，并且抚摸一下他的肩膀，他也会意一笑，于是被赞美者和

赞美者的心就沟通了，双方都很高兴。你也就悄无声息地达到了赞美的目的。

蒋介石经常以此来表达对下属的赏识与器重，从而达到笼络人心的目的。据说蒋介石为了掌握属下的情况，做了一个小册子，专门记载属下的生日、喜好等一般人不太注意的细节。他经常请下属到家里吃饭，由长子蒋经国作陪，饭后还与之合影留念，以表示对属下的器重。一次雷万霆调任他职时，他对雷万霆说："令堂大人比我小两岁，快过甲子华诞了吧！"雷万霆一听，眼泪都快掉下来了，激动地说："总统日理万机，还记得老母的生日！"蒋介石宽慰说："你就放心去吧，到时候我会去看望她老人家，为她老人家添福增寿。"雷万霆自然死心塌地地为蒋介石效力了。蒋介石对下属的表扬可谓是别具匠心。

赞美既是一种鼓励的方式，也是一门艺术，能恰当地使用赞美方式，是作为一名当代青年应该具备的能力，也是考察一名青年素质高低的标准之一。对身边人的赞美一定要讲求艺术性，而达到这个目的，亦非一日之功。

年轻的领导者都喜欢用提高物质奖励的方式让下属皆大欢喜，但对于因实力不济而力不从心的中小企业来说，精神奖励同样也能达到良好效果。其实，一句祝福的话语，一声亲切的问候，一次有力的握手都将使下属终生难忘，并甘愿为你效劳一辈子。当下属工作表现好时，不妨用自己独特的方式对其赞美一下；当下属过生日时，一封精美明信片，几句祝福问候语，一次简易生日PARTY，将会给下属极大的心灵震撼，达到无声胜有声的效果。与下属一道吃个晚餐或一起喝杯咖啡，花不了你几个钱与时间，其作用却是巨大的，给下属莫名的荣耀与冲动。

对他人提出的建议，你能够微笑着洗耳恭听，一一记录在册，即使对对方的不成熟意见，也一路听下去，并耐心解答；他的好建议与构想，张榜公布，奖金伺候。奖励一个人，激励上百人，所有人的干劲就会随之调动起来。

上海惠普有限公司把良好的工作环境看做是留住人才的关键。惠普的管理者认为，良好的办公环境一方面能提高员工的工作效率，另一方面能确保员工们的身心健康。惠普倡导"以人为本"的办公设计理念，对办公桌椅是否符合"人性"和"健康"原则进行严格检查，以期最大限度地满足员工们的要求。惠普还在每天上下午设立专门的休息时间，员工可以放音乐来调节身心，或者利用健身房、按摩椅"释放自己"。惠普遵奉这样一个原则："相信任何人都会追求完美，只要给予适合的环境，他们一定能成功。"这就是著名的"惠普之道"。

研究者发现，年轻人的工作兴趣的激发与培养依赖于以下一些因素：岗位与人的相互匹配程度、目标的具体性、挑战性和个人价值性。目标设置应当遵循具体、难度适中、具有个人价值、可以被个人接受的原则。

工作的过程既是实现组织和团体目标的过程，也是实现个人目标的过程，组织目标与个人目标应该成为命运的统一体。另外工作设计是否得当对激发个人工作兴趣也有十分重要的影响，工作丰富化和工作扩大化对提高工作兴趣具有一定的促进作用。海尔在这方面的做法是，让员工在各自的领域真正处于主导地位，尊重人的价值，提高人的素质，发挥人的主观能动性，力求使每个人的聪明才智都有用武之地，使他们各得其所，各尽所能，而且是处于自觉的状态中，充分发挥工作兴趣这一内在动机在人的心理和行为中的积极作用。

一个人在高山之巅的鹰巢里，抓到了一只幼鹰，他把幼鹰带回家，养在鸡笼里。这只幼鹰和鸡一起啄食、嬉闹和休息。它以为自己是一只鸡。这只鹰渐渐长大，羽翼丰满了，主人想把它训练成猎鹰，可是由于终日和鸡混在一起，它已经变得和鸡完全一样，根本没有飞的愿望了。主人试了各种办法，都毫无效果，最后把它带到山顶上，一把将它扔了出去。这只鹰像块石头似的，直掉下去，慌乱之中它拼命地扑打翅膀，就这样，它终于飞了起来！

每个人都希望用自己的能力来证明自身价值。给他们更大的空间去施展自己的才华，是对他们最大的尊重和赞美。不要害怕他们失败，给予适当的扶持和指点，放开你手中的"雄鹰"，让他们翱翔于更宽阔的天空。他们的成长，将为团体带来更大的贡献。他们的成长，将促使团体更进一步。

读过《杰克·韦尔奇自传》的人，肯定对韦尔奇的便条式管理记忆犹新。1998年韦尔奇对杰夫写道："……我非常赏识你一年来的工作……你准确的表达能力以及学习和付出精神非常出众。需要我扮演什么角色都可以——无论什么事，给我打电话就行。"在这本书的后面有韦尔奇从1998年至2000年写给杰夫的便条。这些便条在完善韦尔奇管理理念的过程中所产生的作用是十分巨大的。这些充满人情味的便条对下级或者是朋友的激励是多么让人感动，这种尊重付出、肯定成果的胸怀令多少人自叹不如。

无声胜有声的赞美方式很多，只要你善于发现被赞美者的特点，就可以适当地给予无声的赞美，这会让对方的心始终保持活力，同时也会给整个团体的发展带来生机。

 赞美也要有新意

当我们针对某个特定的人进行赞美时，要注意赞美的语言。一个人必然有一些赞美的话是他经常听到的，这些赞美的话往往是针对他的最突出、最明显的特点讲的，如积极上进、与人为善、思维不凡等，这些赞誉之词，对他而言已经听到过很多次，也已经成为习惯，再给予已经无法打动他的心，无法引起足够的重视。

这时，就要求我们在对其进行赞美时要形式多样、因人而异，不要再人云亦云。赞美的主要目的是激励，赞美形式的选择也必须以此为准绳。激励的心理学基础是刺激。只有丰富多样的赞美形式，才能不断给被赞美者以新鲜的刺激。

如果你想把赞美的效果推向极致，就应该尽可能使自己的赞美新颖些，与对方经常听到的赞美尽量有所不同。因为新颖的事物总是优先引起人的注意，这就需要你细心观察对方，深刻了解对方，发现他不易为人发现的优点。这种发现显然需在长时间的、深刻的沟通中才能完成。

陈毅和粟裕的孟良崮大捷后，毛泽东用巧妙的问话和回答赞美了陈、粟战略战术的高妙之处。这样表现了他对陈、粟战绩的高度评价，更使人体味到了毛泽东同下属之间随和、融洽的关系和毛泽东无穷的领导魅力。

赞美要有一定的新意，陈旧的、同一模式的赞美会失去功效，而有新意的赞美能让被赞美者在"蓦然回首"中"豁然开朗"，达到巧妙地赞扬和激励的效果。

现实中，有许多赞美者没有认真思考和了解对赞美对象的内心需要，在赞美时不分层次、不分对象、不分时期，都给予同样的赞美。形式太单一会造成赞美的边际效应逐渐递减。显然，重物质精神不行，重精神物质也不行。作为赞美者必须切记：在赞美时必须将物质与精神结合，必须在形式上丰富多样，这样才能保证实现赞美效应动态化、最大化。因此，一是要分析和了解对方最需要什么；二是要想方设法有针对性去满足他们，形式是不固定的，可以灵活多样。

在巴黎浪漫的露天咖啡座，一个年轻男子双眼含情脉脉地凝视着他的女伴美丽的双眸。在情人充满爱意的眼神里，那位女生羞红了双颊，不禁慢慢低下头来……

这时，年轻男子口中冒出了一句："你的爸爸……是不是当小偷的？"

在如此浪漫的气氛下，听到这般突兀的问话，女生霎时诧异地抬起头："不是啊！我爸爸……你是知道的，他在当警察啊！你怎么会说他是小偷？"

年轻男子伸出右手，抓了抓后脑勺，慢慢地道："那就奇怪了，如果……你爸爸，他不是当小偷的，又怎么能够到夜空里，将天上的星星，偷摘下来，放到你的眼睛里呢？"

年轻男子用这种创新的赞美方式来表明自己对姑娘的爱，相信这会让姑娘感到惊讶和兴奋。

一直以来，对员工的赞美被领导者奉为激励员工的最佳办法。但是很多企业都逐渐发现，要使员工在赞美中受到激励，他们得像走钢丝一样小心翼翼。很多企业对员工的赞美都不够理想，这种失败之举不仅令领导者扫兴，还会令员工大为恼火，进而导致生产率和销售额的降低。

以加利福尼亚的一家位列《财富》500强的保险公司为例，这家公司奖励顶级销售人员的办法是，给他们发放参加当地一家大教堂举行的圣诞庆典的入场券。问题是公司三分之一的销售人员都是犹太人，他们有自己的宗教信仰。这些员工觉得很生气，他们不敢相信公司竟然会发放这样的奖品给他们。

公司的原意是为了奖励员工，结果此举却引发了一场大灾难。最后，员工联合起来抵制公司，在接下来的六个月中，保险类、投资类产品的业务量只达到了最低要求。在那段时期，公司销售额损失了75万美元，最终损失达到150万美元，因为很多出色的销售人员都因为此事离开了公司。

一位美国专家估计，对于员工人数在100人以下的小公司而言，因失败的赞美而招致的损失可高达20万美元，包括重新培训员工的费用、生产率降低的损失，这还不包括它对员工士气的无形打击。根据某人力资源和福利协会的研究，对大多数公司来说，这笔费用达到了员工工资总额的2%，高出了一个典型的奖励计划的实施成本。盖洛普公司的考夫曼建议企业抛弃过去常用的那些赞美方式。他说："我们发现，诸如年度销售人员、年度经理这类荣誉称号对员工所起的赞美作用并不大，虽然被赞美的人当时会很高兴，但这种奖励方式会演变成轮流坐庄。怎么才能被赞美？怎样才算优秀？现在大多数的领导者都无法就此给出一个明确的答案。"

我们通常所听到的一些赞美话大多数都不够人性化，许多赞美都是在被赞美者取得成绩之后很久才说出的，有时候甚至长达一年，连被赞美者自己都可能忘记。专家指出，我们的赞美必须频繁一些，比如，对自己的好朋友，在相处的过程中，不断会有新的感动自己的事情发生，我们可以一周赞美自己的朋友一次，包括在一些小事件上的赞美。但是，无论什么样的赞美方式都应该尽量有新意，而不是总说着那些他们显然已经听腻了的陈词滥调。

有一名优秀的保险销售员，已经连续多年获得公司授予的"年度最佳销售人员"的称号，也因此而捧回了一大堆奖杯与奖章，最后，他再也不参加公司的颁奖仪式了。有个聪明的领导者注意到他的缺席，他便问道："此人看重的是什么呢？"后来他发现，这名销售人员的生活重心是他的太太以及三个女儿。于是在第二年，公司请人给他们全家画了一张像，以此作为表扬，这名员工对此是喜不自禁。

得到他人的赞美会使被赞美者体会到美感和震撼心灵的感觉。新颖的语言，是有魅力和吸引力的。用新颖的语言表扬他人，既能显示赞美者的语言运用的才能，也能使被表扬者更好地接受。

  不同的赞美表达方式往往有不同的效果，赞美者要针对不同人、不同场合、不同时间选择最为恰当的赞美方式。一般来说，有新意的表达方式既要考虑表达方式的新意，又要考虑对方的感受及最后的效果，赞美者只有综合考虑各方面的因素才能找到最适宜的赞美他人的表达方式。

  从不同的角度观察被赞美者就会看到其身上不同的闪光点，赞美者要善于发现一般人很少发现的"闪光点"和"兴趣点"，即使一时还没有发现更新的东西，也可以在表达的角度上有所变化和创新。只有把握好每个人的独特之处，先把握好"点"，把握好角度，才能更好地赞美对方，起到事半功倍的效果。同时，赞美者要多注意对对方细节的观察，发现他与众不同之处并尽量富有创新性地对他们加以赞美。

  在某培训课的课堂上，有位上校对于赞美技巧的使用颇不以为然。在训练课程结束之后大约一个星期，那位上校负责一份重要的简报，由于他做得十分出色，他的上司——一位将军想要赞美他。将军找了一张黄色的图画纸，把它折成一张精美的卡片，外边写上"太棒了！"里边则写了些奖励的话，然后召见他，当面赞美他，并把那张卡片交给了他。

  上校把卡片拿在手中读了一遍，读完之后僵直地站在那里愣了一会儿，然后头也不抬地走出了办公室。

  将军有点莫明其妙，心想：是不是我做错了什么。心中不安的将军尾随上校出来看，结果，让他感到美妙的是上校到每个办公室都去转了一圈，向人炫耀他那张卡片。

  故事还没完，那位上校此后把这招运用得比将军还好，他为自己专门设计印刷了一批用来赞美别人的专用卡片。

  记得一位著名成功人士谈及成功经验时说：重要的一点是他曾发誓每天都要赞美别人。

为鼓励员工搞技术发明和改革创新,海尔集团颁布了《职工发明奖酬办法》,设立了"海尔奖""海尔希望奖""合理化建议奖"等奖项,根据干部和员工对企业创造的经济效益和社会效益,分别授奖。

著名的调查公司的一项大型调查表明,大约85%的公司的员工,在入职的时候都是情绪高涨,但是在工作6个月之后,热情会急剧下降,并在以后的工作中会持续下降。

也许正因为这个现象的普遍存在,像"激励员工的N种方法"这类的文章,总会在企业里大受欢迎。各层领导者总是不遗余力地寻找赞美员工的最佳方法,希望找到让员工充满士气的"灵丹妙药"。然而,那些看上去很美的赞美方式,却常常难以达到预期的效果或者效果昙花一现。

赞美为什么会失去效果?责任主要在于赞美者而不在于被赞美者。在一个针对大学生的专项调查中,大约有一半的大学生认为自己得不到或者得到很少的赞美,大约三分之二的大学生表示,老师总是在做得不好的时候批评他们,却很少在表现出色的时候赞美他们。这使他们感到不满。

要创造和谐的工作生活环境,必须先消除你自己与他人之间的认知差距。如果你是团体的领导者,你必须赞美自己希望在他人身上看到的表现,赞美方式必须是对方而不仅仅是你自己重视并认为是有意义的。换言之,就是先问问他们想要什么。

方法多种多样,可以采取一对一讨论或者其他手段来了解。例如像富利波士顿金融公司的一些经理人那样,给员工派发索引卡,请员工列出他们认为最能激发他们工作动力的事情。一位财务分析师在索引卡上写了"休息""与上司共进午餐"和"星巴克咖啡"三项内容,把卡交给上司后很快便忘了这件事。但是过了一个月,当她完成一个项目后,她高兴地发现在办公桌上有一张星巴克咖啡的礼券,还

有上司的亲笔致谢信。

赞美者种种创意新颖的赞美方式，给了被赞美者惊奇的赞美，这些方法并不用花费太多的心思，只要你能够真诚地想他人所想，能够在他人平凡的生活中来一点刺激，他们就会付出更多的心血。

将"才坚持了三天"改说成"已经坚持了三天"

有人曾经做过这样一个小试验：请你闭上眼睛，很响亮地对自己说："我现在不去想有一只老鼠。"这时，在你的眼前会出现什么景象？肯定就是一只老鼠，用"不要去做"来强迫自己思维的尝试显然是失败的。同样，经常性地用"不要这样做"来规定他人的行为举止，也是会失败的。

"不要将你的东西到处乱放！""不要大叫大嚷！"等诸如此类的句子，我们几乎每天都可以听到，但遗憾的是，我们发现这些话到最后几乎都没有什么用，他人原来怎么做现在还在照旧。为什么？问题的关键在于一个"不"字上。观察发现，很少有人能将"不"字听进去，他人的责备最终无效。被批评者的耳朵里听进去的仅仅是"要将你的东西到处乱放！""要大叫大嚷！"

夸张点说，你的"不当语言"可能会导致他人做出错误的事情。如果老师总对一位同学说："你怎么这么不上进！"那名学生可能真的就无法上进努力了。如果你能将"才坚持了三天"改说成"已经坚持了三天"效果则会有所不同。

作为年轻的没有经验的领导者，只要能够尽可能地改变讲话的方式，就能看到令人惊喜的好结果。比如，你可以对自己的下属这样讲话："请你整理好自己的办公桌。""要好好与客户沟通。"这类比较正面积极的引导所带给他人的信息，就要比前面所用的那些句子要好得多。最重要的是，你这样对下属说话比较管用。

当然，你不要期待一句话就会出现奇迹，但长期注意这个问题后，你就会发现对方的行为举止会慢慢地发生变化。

有两个猎人一同去打猎，晚上回来时，两个人都只猎到四只兔子，回到家里，猎人 A 的妻子得知丈夫只猎到四只兔子后，便大发雷霆，猎人 A 心想，我辛苦了一天，没有功劳也有苦劳，你却在家里清闲，还要给我脸色看，第二天猎人 A 便不再出去打猎了。而猎人 B 的妻子看到丈夫猎了四只兔子回来，好不高兴，极力赞扬了丈夫一顿，丈夫很觉得内疚，认为自己猎了一天才猎到四只兔子，于是第二天一大早便出门了，结果猎到八只兔子。

两位猎人的妻子用的讲话方式不同，对他们产生的影响也不一样，这就是"才坚持三天"与"已经坚持了三天"的重要区别。

赞美可以满足他人的荣誉感和成就感，使其在精神上受到鼓励。物质激励具有很大的局限性，比如在机关或政府，奖金都不是随意发放的。职员的很多优点和长处也不适合用物质奖励。

相比之下，领导的赞美不仅不需要冒多少风险，也不需多少本钱或代价，就能很容易地满足一个人的荣誉感和成就感。

在一次校运动会中，一位参赛选手正准备入场比赛，大家都将胜利的希望寄托于他。很显然，这位参赛选手很想在比赛的过程中尝试着冒一下险，玩出一点花样。这时，他却看到周围同伴们担心的眼神，同伴们仿佛在警告他："当心，别败下来！"当然，这应该是大家正常的反应，但反过来，这句话让那位参赛选手感受到的却不是担心，而是里面的潜台词："你真是愚蠢，你肯定会败下来的。我不相

信你不会败下来。"

其实，在那样的时刻，大伙可以这样对参赛者讲："真是太好了，你有这样的状态真是难得呀。"受到赞美的选手会觉得非常自豪，会更加集中注意力而不败下来。

正确和积极有效的赞美比较容易达到目标，也能使被赞美者改变对自己的评价，建立起自信心。你的一句赞美能够促使那个被赞美者认识到自己在群体中的地位价值以及在他人心中的形象。

在很多企业，员工的工资和收入都是相对稳定的，人们不必在这方面费很多心思。人们都很在乎自己在领导心目中的形象，对领导对于自己的看法和领导的一言一行都非常敏感。这就注定领导的表扬往往具有权威性，是员工确立自己在本单位的价值和位置的依据。

某人很认真地完成了一项任务或做出了一些成绩，虽然他表面上似乎毫不在意，心里却默默地期待着有人能站出来对他做一番称心如意的嘉奖，一旦没有得到关注或得到公正的表示，他必然会产生一种挫折感，对周围人也产生看法，"反正大家也看不见，干好干坏一个样"。

员工出色地完成任务，兴高采烈地对主管说："我有一个好消息，我跟了两个月的那个客户今天终于同意签约了，而且订单金额会比我们预期的多20%，这将是我们这个季度价值最大的订单。"但是这位主管对那名员工的优秀业绩的反应却很冷淡，"是吗？好像你昨天还说过有一个客户，项目计划书送过去了吗？"员工说："还没有。"此时主管却严厉地说："快做，然后拿来给我看看，千万别耽误了。"

员工垂头丧气地回答："好的。"心理却想着我这么努力地苦干并取得了本季度最大的业绩，可是我们那位毫无领导水平的主管对此不但不做任何表扬，反而因我昨天刚约见一个客户，没来得及送去项目计划书之事就官僚主义大发地对我严加训斥，真没心思再像以前那样积极努力地工作了，反正我干出的业绩再大也都是白费力，听不到领导的半点儿赞美。

通过上面的例子，可以看出，该员工在寻求主管激励时，不仅没有得到主管的任何表扬，反而只因该员工昨天刚约见一位客户，条件还未成熟，适时的时机未到而没给客户送去项目计划书之事，就主观、武断地严加训斥这名本该受到赞美的员工。结果致使这名员工的积极情绪受到了很大的挫伤，没有获得肯定和认可的心理满足。如果领导者不能满足员工的被认可的心理，就不能很好地进行表扬，员工就不会有动力再继续积极地努力工作了。

实际上，对他人进行赞美并非是一件难事。对他人进行话语的认可，或通过表情的传递都可以满足对方的被重视、被认可的需求，从而收到绝佳的赞美效果。

有些人长期受周围人的忽视，得不到任何赞美，也没有任何批评，时间长了，他心里肯定会嘀咕："怎么从来就没有人赞美我，是对我有偏见还是妒忌我的成就？"于是同大家相处不冷不热，保持距离，没有什么友谊和感情可言，最终形成隔阂。其实，赞美不仅表明了自己对他人成绩的肯定和赏识，还表明你很关注对方的事情，对他的一言一行都很关心。有人受到赞美后常常高兴地对朋友讲："瞧我们的头儿既关心我又赏识我，我做的那件事儿，连自己都觉得没什么了不起，却被他大大夸奖了一番，跟着他干气顺。"

表现优异的人应该赞美，但那些表现差劲的人也不应该忽视，也应该用合适的赞美来鼓舞他们的信心。

一个还不会走路的小孩摇摇摆摆地站起，向前挪了一小步，又跌坐下来。"哦，好棒！"他的父母会如此大声地说，"再来，再试一试，小宝贝！"他的父母会跪在那儿，为小孩走出的每一步鼓掌。小孩一再受到表扬，直到他真正学会走路为止。

婴儿从无意义地咿呀学语，进展到真正意义上的说话，也是如此，当婴儿拖长声音口齿不清地说："达——达"，做父亲的马上就会翻译成为"爸爸"。"你听到了吗？"骄傲的父亲兴奋地叫道："她叫我爸爸了！"于是他抱起孩子，搂她亲她。"真乖，爸爸好爱你啊！"由于赞美，这个孩子受到鼓励去学讲话，后来她就学会讲话了。一个优秀的领导者，不能不了解表扬员工可以使人成功的道理：将"才坚持了三天"改说成"已经坚持了三天"的表扬是一种有效而且不可思议的力量，它就像沙漠中的甘泉一般沁人肺腑，往往会比金钱更能激发人的潜能。

台下的观众热烈地欢呼鼓掌是对演员精湛演技的赞美，一枚闪闪发光的荣誉章是对出生入死的将军赫赫战功的赞美。正是赞美使他们甘于付出，而他们所追求的并不仅仅是金钱而已。对于一个领导者来说，用赞美来鼓励员工是最佳的方式。

保罗·盖帝这位美国石油大亨，有一次聘用一位叫乔治·米勒的人，来帮他管理位于洛杉矶郊区的一些油田。

乔治·米勒虽然是一位很优秀的管理人才，对油田的管理也很内行，可是，每次保罗·盖帝去察看油田时，总还会发现一些浪费与不合理的地方，影响到产油的成本，使得油田利润相对降低。保罗·盖帝虽然深信乔治·米勒的才干，但对他在这方面的表现，总是觉得很不对劲，于是找乔治·米勒来沟通。

他对乔治·米勒说："我只不过在油田呆了一个小时，就发现了许多浪费之处，如果能把这些浪费之处加以消除的话，油田的产量势必可以提高，利润自然也跟着增高，你是油田的总负责人，应该有义务把这些浪费的地方有效地控制住。"

乔治·米勒回答说："因为那是你的油田，油田的一切都和你的切身利益有关，所以你很容易看出许多问题来。"

乔治·米勒这个回答，令保罗·盖帝心头一震，他连续好几天，都在想乔治·米勒所说的这句话，最后，保罗·盖帝悟出了一个道理来。

他告诉乔治·米勒说："从今天开始，我不付你的薪水，而是付你油田总利润的某个百分比，油田管理得越有效率，油田的总利润当然会越高，那你的收入，自然也是跟着水涨船高，反之亦然。"

乔治·米勒接受了保罗·盖帝这种挑战，从那一天开始，这个油田的管理完全改观，不但浪费不见了，而且效率也提升许多。为什么会有这样的转变呢？因为，现在这个油田不但是保罗·盖帝的油田，也是乔治·米勒的油田，换一个角度，由于乔治·米勒把它视为自己的产业来管理，所以，过去保罗·盖帝所发现那些管理上的盲点，很快被乔治·米勒一项一项改善了。这种改善的结果，不但油田的生产成本降低了许多，产量和利润都大增了，当然，乔治·米勒的收入也跟着大增。

从上述案例中，我们可以看出，"已经坚持三天"的赞美是激励士气的一个好方法，因为透过这种赞美，可以让人感受到那种"我不光是一个执行者，更是一个决策者"的成就感，会以主人翁的精神认真地对待每件事情。

 **"请教"中也蕴含着赞美的意味**

大家都曾有过这样的感受，当一个比较优秀的人就某件事情向你征求意见，或请求你的帮助时，你会在内心深处情不自禁地感到自豪

和荣幸。为什么？因为别人"请教"你就说明你在这方面有一定的经验，值得他去学习，这难道不可以理解为别人对自己能力的赞美吗？

美国通用电气公司是一家集团公司，1981年杰克·韦尔奇接任总裁后，认为公司管理太多，而领导得太少，"工人们对自己的工作比老板清楚得多，经理们最好不要横加干涉"。为此，他实行了"群策群力"制度，使那些平时没有机会互相交流的职工、中层管理人员都能出席决策讨论会。"群策群力"的开展，打击了企业中官僚主义的弊端，减少了烦琐程序。

杰克·韦尔奇在通用实行了"群策群力"，使企业在经济不景气的情况下取得巨大进展。他本人也被誉为全美最优秀的企业家之一。杰克·韦尔奇的"群策群力"有利于避免企业中的权力过分集中的弊端，让每一个员工都体会到自己也是企业的主人，从而真正为企业的发展着想。

如果你希望大家支持你的工作，就必须让他们参与到管理中来，而且愈早愈好。事情无论大小，都可随时以肯定赞美的方式给予反馈；也可以随工作总结，给予阶段性反馈；还可以用各种表扬、奖励的方式反馈。有反馈就有回答，这是一种工作和情感的交流。应该注意的是，任何人如果不了解大家对他的态度，都会很恼火的；任何人的努力得不到回应，都是要失落的。对他人工作的肯定和赞美不仅在于当众进行，如果适当地向其请教，同样可以满足其成就感，使其感到他的努力工作得到了肯定。

沃尔顿在公司强调：员工是创新和变革的最好源泉。其继任者格拉斯也说："我们相信，在本顿威尔总部没有什么创造性的东西发生，我们最好的建议来自第一线的员工。"这一观念鼓励员工参与，公司亦有相应制度给予保护和肯定。

如20世纪80年代末，一位来自佛罗里达大学的营销专业学生在沃尔玛的配送中心工作了一个夏天，对怎样填写订单提出了一个使工作更有效的建议，公司不仅采用了他的建议，还以他的名字在佛罗里达大学设立一个五年的零售业奖学金，表明对员工创造性的承认。公司的另一项制度是，如果谁提供了特别好的建议，哪怕是一个小时工，也会被请来参加周六上午的例会，与各位经理一起讨论，最终还会给予奖励。

想成为优秀的领导者就要学会请教的赞美方法。你首先要做的一点是"放下架子"。聪明的人也会在赞美他人时把自己事实上的职位优势最大限度地隐藏起来，持有一种平等的态度去对待他们。让他人觉得自己对于集体来说是重要的，这样他们才会调动自己的思维来为集体献计献策，才能使集体在发展过程中少走弯路。

美国联合航空公司总裁卡尔森在接管联合航空公司前，该公司一年亏损5000万美元，而他本人在这之前的唯一工作经验是经营旅馆业。这种情况下，他上任后，采用了最实用的"看得见的管理"方法。他一年跑20万英里的路，一下飞机就与员工们握手，主动与员工们见面，希望员工们都认得他，向他提建议，甚至与他争论是非。经过一番努力，该公司很快转亏为盈。卡尔森说，如果最高主管不肯下去多看看，多听听别人的批评，久而久之就孤立起来。自筑藩篱，自我蒙蔽，身边多围着一群净说好话、唯唯诺诺的人，你永远也了解不到实情，就不会作出正确的判断。

请教意味着赞美，赞美他人的能力、知识等高人一等，这种赞美方法运用起来很简单，效果也非常的好。

在获得天下的领导权以后，周武王向被尊为师尚父的姜子牙询问"藏之也简，行之也博"（《纲鉴易知录·周纪》）（这八个字可以说是最早的对于管理理论的评价标准）的治国之道。姜子牙这位有着传奇色彩的历史人物向周武王讲授了这样的治国之道："敬胜怠则吉，怠胜敬则灭，义胜欲则从，欲胜义则凶"；"以仁得之，以仁守之，其量百世；以不仁得之，以仁守之，其量十世；以不仁得之，以

不仁守之，必极其世。"（《纲鉴易知录·周纪》\宋·范祖禹《帝学·周武王》）什么意思呢?也就是说，作为领导者在处理国家事务的时候，如果恭敬、勤奋胜过懒惰、享乐，是好现象；如果懒惰、享乐胜过敬业、勤奋，则有亡国的危险。

同样，如果处理政务以国家和民众的利益为出发点而不以个人的欲望为出发点，那么就会很顺利；如果以个人的利益而非国家和民众的利益为出发点，就得不到好结果。帝王的统治地位如果是靠仁政来获得并且能够通过实行仁政巩固，那么他的国家能够长治久安；如果他的地位是通过武力、靠霸道来获得的，但是他能靠实行仁政来维护，那么他的国家统治可以保持十世；如果一个帝王的地位是靠暴力获得的又是靠凶残和暴力来统治，那么他的国家可能连一世也维持不了，很快就会灭亡。这个预言通过公元前221年建立的秦王朝的命运得到了验证。

周武王得到了这些教诲之后非常重视，因此就把由这几句话想到的一系列的感想都做成铭文，刻在坐席上、桌子上、镜子上、洗脸的盆子上、柱子上、腰带上，甚至连平时的鞋子、酒具、窗上都刻了这种铭言，时时警告自己。据记载，他在坐席的前左端刻的是"安乐毕敬"，是说居于安乐行为必须恭敬、不可傲慢待人。右面刻的是"一反一侧亦不可忘"，也就是对先哲先王的教诲即使是在翻身时也不要忘记。席子的后端刻的是"所鉴不远，事迹而所化"，意思是能借鉴的亡国之事并不很久远，常常用它来对照自己的行为。镜子上刻的是"见尔前，虑尔后"，意思是看到眼前的事要想到身后的事。沐浴的盆子上刻的是"与其溺于人也宁溺于渊，溺于渊犹可游也，溺于人不可救也"。在衣带上刻的是"慎戒必恭，恭则寿"，意思是做人办事一定要小心谨慎，要恭恭敬敬，这样就能长久。剑上刻的是"带之以为服，动必行德，行德则兴，倍德则崩。"（以上引文出自宋·范祖禹《帝学·周武王》）

第二个接受周武王咨询的是箕子，他曾是商的太师，给周武王提供了具体的规范性的治国方法，这篇"咨询报告"后来被收录入《尚书》，名字叫做《洪范》。这是一篇涉及领导素质、管理原则和方法的文章，主要内容是明五行，用五事，行八政，建皇极，立三德五福。

综合了姜子牙和箕子的咨询，周武王从此肩负起治理天下的重任。后来，周武王把姜子牙封在齐国，同时把箕子封在了朝鲜（我们同朝鲜的渊源早在周代就开始了）。

当一个人觉得自己真正受到了重视，才会用自己的全部热情来工作，这样的热情给集体带来的不仅仅是业绩，也会是一种长久发展的好计谋，领导者如果都能够像那些明主一样，善于向员工请教治理企业的策略，企业的成长一定会更加顺利。

有一个业绩非常优秀的员工，个性非常强，总是孤芳自赏，不合群，部门经理感到很头疼，一方面其他员工对这个员工有所不满，另一方面这个员工自己也觉得不愉快。后来，部门经理发现这个员工对金融领域非常熟悉，就经常请教他这方面的问题，逐渐与他建立了良好的关系，并且给他安排讲座，给同事们介绍一些金融知识，最后这个员工逐渐融入集体中。

真诚地请教对方的光辉业绩、优秀的才能、独特的专长，往往是成功打开大门的一把金钥匙，因为在某种程度上，请教意味着最高的荣誉。

让赞美有的放矢

"干得不错"这种说法对提高士气可能有些好处，不过，其所指过于模糊。比方，您可以说"面对某某人的当面嘲讽，你能保持冷静，真是不容易"，这种表达方式明确表示了你希望被赞美者如何处理类似情况。

赞美他人具体的工作，要比笼统地赞美他的能力更加有效。首先，被赞美者会清楚是因为什么事情使自己得到了表扬，被赞美者会因他人的赞美而把这件事做得更好；其次，不会使周围的人产生忌妒的心理。如果其他的人不知道他被赞美的具体原因，会觉得自己得到了不公平的待遇，甚至会产生抱怨。赞美具体的事情，会使其他人以这件事情为榜样，努力做好自己的工作。

聪明的人在赞美他人时，绝不会简单地说一句"干得不错"，而总是善于借赞美将成功者的经验与方法传授给众人，以实现以点带面与资源共享。如"面对某人的当面嘲讽，你能有意岔开话题，保持冷静，不仅表明了你的涵养、大度，这种'难得糊涂'的做法也是很值得大家学习的"，在赞美之中向众人传授了处理类似情况的方法。凡是受到赞美者，或是正常工作比他人更为突出；或是突击任务完成得非常出色；或是突发事件的处理果断有效；或是紧急情况之下能够挺身而出……无论哪一种情况，都说明受赞美者领先一步，高人一筹；比别人付出了更多的辛劳与智慧；拥有比别人更多的经验和更为有效的方法。成功者的经验是难得的资源、可贵的财富，是资源就不可浪费，是财富就不能废弃。

赞美要有的放矢，你赞美他人什么，就要首先明确赞美的具体行为。只要你平时留心观察，留心对方的一举一动、能力和优点等，就可以发掘出值得赞美的具体的、有血有肉的闪光点。如果是初次见面，还不了解对方具体情况，就不要胡乱地赞美，此时现场观察和随机应变很重要。赞美的目标要明确，而不是局限于外交辞令，更不是花言巧语。如果苦于一时找不到优点，就不妨赞美他的家人甚至是办公桌的摆法等，只要实在、具体，就会让人可信，容易接受。

少一点"廉价的赞美"。所谓"廉价的赞美"，是指除了形式之外，不起任何激励作用的赞美。比如，"你真棒""你真了不起"等成了领导者口头禅的赞美语。"廉价的赞美"之所以廉价，根本原因有两点：一是赞美得不具体。被赞美者不知道"棒"在何处，好在哪里。二是赞美者的态度不真诚，为了赞美而赞美。

一般地，赞美他人尽量避免以对方的人品、人格、性格等作为谈论话题，"你真是个积极分子"，你怎么知道我是一个积极分子呢？莫名其妙的赞美，让人听了就会起戒心。比如，一位原本为自己身材消瘦而苦恼的女员工，听到别人赞美她的苗条、纤细，她怎么会感到由衷的高兴呢？"哪里是赞美，分明是在数落我的缺点。"你会自讨没趣，弄巧成拙。

例如有人说"你长得真像电影明星中村敦夫"。可对方听后反应很冷淡。原本不喜欢开口的他，变得更加沉默。为什么会这样呢？其实是赞美不得法，因为接受赞美的人，了解自己的缺点，就是容易给人以冷漠印象。在他的眼里，中村在电影屏幕上所扮演的正是冷酷无情的角色。所以你还说他像中村，这不是等于说他冷漠冷酷的缺点吗？

空泛的赞美往往没有什么明确的评价原因，甚至会引起混乱和误会，并使被赞美者怀疑你的是非辨别能力和审美鉴赏能力，觉得你的

赞美不可接受。而具体明确的赞美，因为是有特指的、实在的，产生的效果也会更好。

美国的米勒啤酒公司对啤酒的消费市场做了大量细致的调查。在调查中，他们发现，啤酒的最大消费者是年轻人、男性，尤以蓝领工人居多。

由此，米勒啤酒公司确定了市场目标，设计了一个旨在吸引蓝领阶层的营销策划宣传方案，对蓝领工人大加赞赏，把他们描绘成健康的、干着重要工作和充满自豪的工人。主人公是一群豪爽、大度的工人，他们在酒吧里边喝米勒啤酒边闲谈一天的工作成绩。在传播媒介的选择上，米勒啤酒公司选择了体育节目，这是工人们最喜爱的。该电视片播出的时间全部集中于体育节目时间。很快，喝米勒啤酒作为一种蓝领工人的文化方式被人们所认同。在仅仅一年多时间里，米勒公司市场的占有率由第8位上升到第2位。

米勒啤酒的成功秘诀就在于它以完整而生动的形象将产品打进了以蓝领工人为代表的消费者的生活中。喝米勒啤酒被描绘成蓝领工人生活中的不可或缺的一部分，甚至成为生活方式的代表。这一完整的形象使人一旦接受便很难改变。

有的人担心在团队中出现过于受宠而拔尖的人，也不愿意有什么人游离于团队之外。所以，他们更趋向于在团队中搞平衡，一视同仁地赞美所有人。这是个领导方式的误区。结果是不仅扼杀了有才华员工的锋芒和才智，也使更多人共同趋向平庸和拙劣。反之，以赏识和激励的策略管理团队，就会避免出现集体性的低效。

你可以尝试去做：把所有人作为等量参数评估，在每星期的例会上赏识和褒奖一个人，直到所有人都有机会受到你的鼓励和嘉奖。不要去为褒奖而褒奖，一定要找到确实给团队和企业作出了贡献的特殊行为而予以鼓励。当你一旦开始运用赏识和激励机制去管理团队时，就会发现管理是件很容易的事情，大家也不会轻易离开这种环境，而自己也更能赏识自己，做出更多正确的决策。大多数情况下，大家也会因此习惯于互相赏识和激励，营造出良性向上的竞争氛围。

你应该学会从不同方面发现他人的优点，找出他们的优点进行赞美，这是一种很好的赞美策略。一般来说，年轻的新人容易陷于这样的恶性循环中：因犯错误而受到指责，在被指责之后便退缩不前，这样缺点并没有减少而被赞美的机会却越来越少，最后使他们丧失了自信，缺点也会有所增加。

大多数的人由于年轻、经验少，犯错误的概率肯定比有经验的人要高，但是他们也有强烈的好胜心理，想以努力工作取得成就。聪明的人要体会到他们刚开始时的错误是情有可原的，并找出其优点来加以鼓励，这样必可形成一种良性循环。

有位教育家曾说："我们若不断地赞美年轻人，他们必会产生自信，此时，我们便予以严格督促。这样，他们仍会对自己的能力深具信心，因此能够摆脱低落的情绪，接受更进一步的指导。"

赞美是给人听的，所以一定要与人有关系。在赞美好车的时候，如果能这样说"这车子保养得真好"，就说明他注意到了车主的活动，观察能力和思维方式都已入赞美之门，也更能得到车主的认同。因此高明的赞美大师会针对对方的能力大发感慨。如到他人家里拜访，会说："这房间布置得真别致，富有特色。"这是在赞美对方的审美观。同样，对汽车业可以从"独特的"车内装饰进行赞美，这样比仅仅说"保养得好"好很多。

除了"你很能干"之类的一般赞美外，恭维他人的聪明，向他人"请教"等都是可以用来赞美他人的绝招。这可以让被赞美者获得"自己非常好"的感觉。

人际交往中适度地听到一些夸奖、赞美的话是人所共有的心理需要。用美誉赞美他人，使其同时也形成自励，从而以更高的标准自觉地严格地要求自己，在继续创造美誉的过程中更加完善。美誉推崇根

据内容的不同，可分为直接赞美和正面激励两种方式。直接赞美时因对方已经获得良好的声誉，正面激励是挑动对方道义、情操方面的精神力量，希望其创造良好的声誉。

美国著名心理学家威廉·詹姆士说："人类本性上最深刻的企图之一是期望被赞美、钦佩、尊重。"渴望被赞美是每一个人内心的一种基本愿望，所以，当我们生活在社会大家庭中，要想在善意和谐的气氛中形成高潮，就应该去寻找别人的价值，并设法告诉他，让他觉得那价值实在是值得珍惜，从而创造出一个崭新的自己。这样我们便等于扮演了鼓励他、帮助他的角色。也只有这样有的放矢的赞美，才会让被赞美者真正地感受到自己的重要。

 ## 24 信任是最好的赞美方式

大话西游里的唐僧为什么能够带领着三个神通广大的徒弟，并让他们服从他一个凡人的领导，他的法宝是什么？其实就是"only you"，就这一招就让三个神仙心甘情愿地服侍一个凡人。士为知己者死，就是这个道理。

信任，是指你对他人的充分授权，鼓励其失败，反而会收到意想不到的效果。没有信任，无从谈起赞美。

《水浒传》中有这样一段，杨志被梁中书派去押运生辰纲，还要派一个老总管监视他。这是一种不信任，使杨志不能令行禁止，才着了吴用的道，把生辰纲给丢了。大家可以想象得到，假如梁中书不派老总管去监督杨志，假如梁中书在临行前对杨志说："手下的兵士你随意调

遣，即使有什么意外，我也不会怪罪你的。"那么，吴用纵有天大的妙计，恐怕也无计可施了。难怪金圣叹在评《水浒传》时，由衷地说道："用人不疑，疑人不用。"金圣叹叹得有理，杨志活得很无奈。

面对朋友，以自己的真诚和人格魅力影响他，对他寄托真挚的信任，并且信而不疑。这样你们之间的关系才会持久。

惠普在世界500强企业中名列前茅，在中国的发展也已有二十年之久，其所取得的成就是众人有目共睹的。然而，惠普巨大的成就与吸引力，并不仅仅来于名声或是薪酬，从惠普的员工管理方面我们便能明白几分。

"相信"是一种巨大的能量，相信员工，给员工充分的自主权，是惠普的特色管理之一。"惠普进人是相当严格的，所以只要我们录用的员工，我们都会相信他们可以做得很好。"刚到惠普的员工，有时会感觉到"怎么没人告诉我具体做什么，怎么做"？这其实是充分要求员工发挥创造力和想象力的方法。就如同带着员工到河边散步，指向河对岸说："那是我们的目标，如何过去你要自己想办法，不过我们可以为你提供资源。"员工可以选择自己认为最好的方法，去完成任务，没有人会强加给他应该如何去做。在此过程中，员工的才华与潜能也被发掘出来了，就算起初他对自己并不自信，怕做不好，但完成之后，其成就感便会油然而生。

惠普提倡不断地自我学习，公司为不同职位、不同级别的员工，提供适时的培训，并对每位员工应该参加哪些培训，做出规划与指导。如果员工在公司外，参加培训班，公司也同样给予支持。"管理者所应做的事，是为员工提供一张'成长地图'，根据每位员工刚进来时的经验、学历背景和现有技能水平来为员工的职业技能发展提出建议。这样让员工清楚了解到自己现在的位置，也明显地看到自己的进步及努力的方向。"这是惠普某业务部HR经理王女士对人员管理的看法。

惠普的培训讲师，有很多是从内部培养的，他们可以在传授知识和技巧的同时传授他们的宝贵经验。与此同时，讲课也是一个教学相长的过程。

公司中，无论任何级别的员工，无论工作内容有多么不同，大家都是互相尊重。比如大家中午吃饭时可以一起讲笑话，既可以讲员工的，也可以讲老板的，这体现了惠普的开放与平等。随着市场竞争越来越激烈，惠普员工感到压力随时存在。因此，员工与经理之间的玩笑可以帮助缓解压力，同时创造和睦的气氛。

由此，我们不难看出，惠普的成功和吸引力正是源于其认识到了员工的重要性，把员工视为企业的生命线，给予其足够的重视与关心。

可实际上，许多人在与他人合作的过程中，没有很好地表现出自己对合作者的信任，甚至根本没有表达。他们天真地认为，对方已经感受到自己对他们是信任的。但就实际而论，很少有人能真正做到让他人感受到自己对他的信任。聪明的人信任合作者，同时也向合作者发出一种强烈的信息："我相信你值得信任。"告诉对方你对他们的能力有信心，而且相信他们具备了完成工作所应具备的素质。

要让他人感受到信任，还必须确保"信任"的信息成功传递。我们经常会看到一些领导者在交付一项任务时，他总不忘说一句"我相信你能出色地完成任务"，当工作进展到一半，因某些困难前进受阻时，他会说："放心大胆地干吧，我相信你。"

人与人之间最宝贵的是真诚、信任和尊重，其桥梁是沟通。沟通参与是心灵的参与。新的生产技术，即使配合了教育训练，或许还是不够的。在这种情况下，他人只是以"手"在做事，并没有用"心"，所谓换汤不换药，并没有切入重点。因此，期望他人能有策略观念，势必要考虑改变他人的工作性质和权责制度，以增加自主权和责任感，而一些惯常的举措，例如设置自我管理小组，放手让大家从思考、计划、实行一贯自由发挥，更能激发出他们的参与感和使命感。这样的改造虽然涉及层面极广，但你应该很清楚：培养大家的参与感没有快捷方式，也没有侥幸，一如当今商业情势下的竞争优势，都是步步为营的结果。下面我们来看一下一些知名企业是如何架起与员工之间的沟通平台的。

"总经理接待日"是深圳平安人寿保险公司的一项制度化管理，总经理室四位成员每人轮一周，用一个下午的时间直接面对一线员工和客户，听他们反映问题，根据谈话记录，建立反馈追踪表，该落实的落实，该调查的调查并反馈结果。在第一个总经理接待日中即发生了较激烈的争论，而深圳平安人寿的管理者认为，"碰撞"对于一个充满活力的企业来说，是必要的，必需的，可在多角度的碰撞中发现淤积的问题、症结，明白分歧所在，从而产生整合力。

上海波特曼丽嘉酒店有一个著名的"开门政策"：总经理的大门对所有的员工敞开，只要员工有什么意见、建议，只要总经理在办公室，一定接见。每个月，员工们轮流与总经理共进早餐，开"早餐会议"。另外员工有意见，也可以马上向部门经理反映，汇总到人力资源部。而每两个月酒店必须公布这些问题的解决情况。

在UT斯达康，公司鼓励员工提问题、提建议。为了加强管理层与员工之间的沟通，自2001年起建立了主管与员工对话制度，公司论坛提供了员工畅所欲言的场所，人事总监信箱提供了员工与人事总监直接对话的渠道。特别是公司定期召开的员工大会更使员工有机会与CEO、COO等领导层进行直接对话。此外，公司2001年开始推行员工建议制度，并对员工提出的有效建议给予奖励。

信任他人就一定要"真信"，然后敢于"用"，信而不用，这种信就不是真信。从一定程度上来说，假信还不如不信。不信可以转化成信，而假信就彻底丧失了再给予信任的可能。这时，你的一切努力，都是在白费工夫，甚至还会起反作用，因为大家

会觉得你采取的措施都是不真诚的，只是在耍手段或是一种精心设计的讽刺。

一个社会的运行必须以人与人的基本信任做润滑剂，不然，社会就无法正常有序地运转。信任是加速人体自信力爆发的催化剂，自信比努力对于成才来讲更为重要。信任激励是一种基本激励方式。干群之间、上下级之间的相互理解和信任是一种强大的精神力量，它有助于团队中人与人之间的和谐共振，有助于团队精神和凝聚力的形成。

 赞美要有诚意

你也许听说过这么一句话："让虚假的表扬见鬼去吧。"这话说得很有道理。因为人们听得出你只是在随口说说而已，他们不会因此受到激励，反而会觉得恶心。

当一个人接受了工作指派，并取得一定成果时，往往渴望别人的尊重与承认。赞美就是认可他人身上有价值的特点，而正是这些特点使人们得以达到你的要求并做得更多。你应该学会真诚赞美的本领，并对他人运用其能力取得的成果表示感谢。

可实际上，许多人却习惯于挑错，光盯着别人的小错误或是工作方法上的缺陷，结果使他人错误地认为他们这儿也不好，那儿也不好，浑身上下都是毛病。现实生活中，你不应将批评、指责强加于人，这样只会使他人防备心很强，以致他们在表面生成一个外壳，在有人揭示他们的弱点时加以戒备。

当然这并不是要你为了赞美而赞美，赞美应该发自人的内心。如果他人感觉到你是在故意地赞美，有可能会产生逆反心理，甚至会认为你是虚伪的。另外，赞美也不应该在布置工作任务时进行，这样也会让大家感觉你的表扬并非发自内心。

有一个女孩，5岁就开始在教堂表演中登台演唱。她有着优美的歌声，她的天赋从一开始就颇堪造就。当她长大时，她的家人了解她需要专业声乐训练，就请了一个很有名的声乐老师训练她。这位老师的造诣很深，很少有人比得上。他是一个十分苛求完美的老师。不论何时，只要这女孩一想到放弃或节奏稍微不对，他都会很细心地指正。经过一段时间以后，她对教师的崇拜日益加深。即便双方年龄相差很大，最后她还是嫁给了他。他在婚后继续教育她，但是她的朋友发现她那优美自然的腔调已有了变化，带着拉紧、硬邦邦的音质，不再是以前那种清爽而悠扬的声调了。渐渐地，邀请她去演唱的机会越来越少。最后，他们几乎不邀请她了。

这时，她的先生，也是她的老师死了。以后几年，她很少演唱，或根本没有演唱。她的才能很少用到，直到又有一位工程师追求她为止。有时候，当她正在哼着小调，或一个乐曲旋律时，他会惊叹她歌声的美妙："再唱一首，亲爱的，你有全世界最美的歌喉。"

他总是这样说。事实上，他可能不知道她唱得是好是坏，但是他确实非常喜欢她的歌声，所以他一直对她大加表扬，她的自信心开始恢复了，她又开始前往世界各地演唱，稍后，她嫁给了这位"良好的发现者"，又重新开始了成功的歌唱生涯。

那位工程师的表扬出于诚挚、真心，衷心恭维事实上是最有效的教导与驱动。赞美是一种艺术，它的魅力相信任何人都无法抵挡。

你不真诚，你就无法具体到细节。你达到了细节，对方的感觉就会扩大到整体。我们赞美一个女孩漂亮，一定要具体地赞美详细的部位，这比单纯赞美她漂亮要有效果得多。

　　真诚是交往的最基本的尺度，如果你的赞美不是出自真诚，就显得没有根据，被赞美者的费解、误解会引发戒备防范的心理反应。为避免这种误会，你必须确认并坚信你所赞美的员工确实具有你所赞美的优点和长处，而且必须诚心诚意地敬慕、佩服，这就为你的赞美提供了足够充分的理由。

　　判断赞美是否真诚，不是听他说了多少"Good"，也不是看他伸了多少次大拇指，而是看他对你的激励是否是发自内心的和真诚的。这里需切忌在赞美他人时面无表情，心不在焉，切忌赞美他人现在的优点时却连带批评他以前的错误。切忌激励的语言没有针对性，内容空洞或者是言不由衷等。被赞美者有着很强的洞察力和判断力，虚伪的激励，敷衍的语气，对于双方都没有益处，反而降低你在他人心中的威信。

　　人人都喜欢听赞美的话，但未必人人说的赞美都能使对方高兴。毫无根据、夸张的赞美只会引起被赞美者的反感，只有发自内心的和真诚的赞美才不会让他人觉得虚伪。有时即使是真心的赞美，但表达的语言不讲究，也只会事与愿违。真诚的赞美不仅需要发自内心，而且还要让被赞美者听起来有根有据，同时觉得自己的确有这些优点，他认为你是一个不仅容易亲近，而且善于观察的愿意和他交往的人。

　　真诚是人与人之间的润滑剂，你真诚的赞美才会对他人起到真正的激励作用，真诚的赞美是恰到好处的，不能言之无物，也不能虚无空洞，要符合实际，掌握一定的尺度。

　　畅销书《奖励员工的一千零一种方法》的作者鲍勃·纳尔逊说："在恰当的时间从恰当的人口中道出一声真诚的谢意，对员工而言比加薪、正式奖励或众多的资格证书及勋章更有意义。这样的赞美之所以有力，部分是因为领导者在第一时间注意到相关员工取得了成就，并及时地亲自表示嘉奖。"因此打动人最好的方式就是真诚的欣赏和善意的赞美。

玫琳·凯用自己的名字创建了国际知名的化妆品公司。在谈到领导方法时她说"善用激励艺术"是她用人之道的成功所在。公司的理念被高度概括为：激励使人成功。

在玫琳·凯化妆品公司中，"人"是最重要的，公司全体员工以"人对公司的向心力"而自豪。玫琳·凯说：她财务报表中的词代表"人们"和"热爱"，而不是"收益"和"损失"。关心别人的信念，其实并没有与追求利润的公司目标相冲突。当然，要关心公司的利益和损失，但玫琳·凯并不将它放在首要的位置。

用玫琳·凯的话说就是：如果你以诚待人，激励下属，他们的工作效率会更高，那么利益就接踵而来。同样，如果你对职员滥用职权，他们的工作能力和积极性就发挥不出来。这种副作用直接带到工作中，蒙受损失的是你的公司。

玫琳·凯化妆品公司的总部设在达拉斯，一进总部大门赫然入目的是比真人还要大的该公司全国销售主任的照片，如此设计充分体现了玫琳·凯视人才为公司最宝贵资产的思想。

玫琳·凯则认为她最宝贵的财富是公司的人才，并为拥有这样一支有知识、有能力、有胆量、善于领会领导意图、长于经营管理、敢于接受挑战的人才队伍而骄傲。"任何一家大型企业之所以能够发展、兴盛，完全靠的是公司里首屈一指的人才。"这是玫琳·凯从自己几十年的创业生涯中得出的结论。

赞美要发自内心，对被赞美者的优点、进步、成绩要做出中肯的评价，并热切地期望他能够发扬优点，继续前进，作出更大的贡献。这样的赞美才能和对方做到感情交流，从思想上感动对方，从而更大地调动他的积极性。同时，赞美要实事求是，不徇私情。赞美是一种有效的激励手段，但必须客观公正，恰如其分，并且不分亲疏，公平合理，否则，会起反作用。

赞美应该发自内心，这样的赞美才有诚意，也将会有强大的感染

力。而空洞的虚假的赞美则令人很难感觉到你的真心而无法接受。

著名记者弗里德·凯利曾对洛克菲勒和卡内基两人乐于接受的恭维作过这样的描述。凯利说："对洛克菲勒这位石油大王，倘若有人称赞他善于打理琐碎的家庭经济，他一定会乐不可支。同时，他也很喜欢听人家说他对教会和主日学堂是怎样地热心。"

有一次，当凯利对洛克菲勒向主日学堂里的一群小孩子所发表的谈话说了两句赞美的言辞时，他立刻就变得非常兴奋。凯利又说："而对钢铁大王卡内基，只要你恭维他某一次演说非常成功，说他的演说是怎样有价值、怎样动人，那么你就很容易让他开口回答平时不愿答理的问题了。"这些便是洛克菲勒和卡内基个人所关心的独特的虚荣。相反，如果有人当面赞美他们的商业和领袖才能，在他们听来反而会觉得没有诚意甚至是愚蠢的。

虽然人都喜欢听赞美的话，但并非任何赞美都能使对方高兴。能引起对方好感的只能是那些基于事实、发自内心的赞美。相反，你若无根无据、虚情假意地表扬别人，他们不仅会感到莫名其妙，更会觉得你油嘴滑舌、诡诈虚伪。例如，当你见到一位其貌不扬的人，却偏要对她说："你真是美极了。"对方立刻就会认定你所说的是虚伪之至的违心之言。但如果你着眼于她的服饰、谈吐、举止，发现她这些方面的出众之处并真诚地赞美，她一定会高兴地接受。真诚的赞美不但会使被赞美者产生心理上的愉悦，还可以使你经常发现别人的优点，从而使自己对人生持有乐观、欣赏的态度。

真诚赞美的关键是让他人感觉到你是真诚的，而绝非是基于一种模式化的虚伪表达。没有挑战，没有鼓励，人们会流于平庸现实的舒适与安全感。

真诚而又有技巧地赞美他人，不仅会让被赞美者增加对你的好感，而且也会给你自己的工作带来便利，使彼此的心情变得愉悦、轻松，合作起来也格外容易。

 **26** **掌握先抑后扬的技巧**

生活就像一面镜子，如果你想得到一个微笑，你就要先给别人一个微笑。不要一心希望别人为你做些什么，因为事实上别人并没有任何义务。首先要求自己去接纳、肯定、支持你周围的人，你就会收获他们对你的喜欢与尊重。

人们对后提到的事，往往比先提到的印象深。所以先说缺点之后再说优点的话，优点就被强调了。在销售商品的时候，当店员说"这商品的质量好，就是价格稍贵了些"时，顾客就会有该商品价格贵的印象，于是心想：以后再说吧。但是，如果换一种方式说："这商品价格稍贵了点，但我推荐您买这个，因为质量是绝对保证的。这是独一无二的，绝对没有重样的。"那么，顾客脑子里先听到的关于价格贵的印象则被淡忘了，反而很注意后听到的话。于是心想：就决定买下吧。

有一幢宿舍楼的后面，停放着一部烂汽车，大院里的孩子们每天晚上放学后出来玩，他们攀上车厢，在上面蹦跳打闹，喧哗的吵闹声使住户无法好好休息，在屡禁不止的情况下，一位老人想出一个办法。这天，他对小孩子们说："小朋友们，今天你们比赛，蹦得最响的奖玩具手枪一支。"小孩子们很高兴，争相蹦跳，优者果然得奖。次日，老人又来到车前，说："今天继续比赛，奖品是两粒奶糖。"小孩们见奖品直线下跌，纷纷不悦，无人卖力蹦跳，声音稀疏而弱小。第三天，老人又对孩子们说："今天奖品是两粒花生米。"小孩

们纷纷下汽车："不蹦了，不蹦了，真没有意思。回家看电视去。"

这是一则十分有趣的故事。生活中常有这样的情况发生："正面进攻"难以奏效，"曲线"方能"救国"。

老人开始对孩子们的奖励，实际上是表现了对孩子们蹦跳行为的赞扬，刺激了孩子们继续蹦的热情。之后逐渐减少这种认可与奖励，孩子们当然会越来越不高兴，也就没有了继续的情绪。

这个故事里其实包含了一个非常普遍的社会心理学原理。在社会心理学中，有一个"人际吸引的增减原则"，其大意是：人们最喜欢那些对自己的喜欢、奖励、表扬不断增加的人或物，最不喜欢对自己的喜欢、奖励、表扬显得不断减少的人或物。赞美者在对被赞美者进行赞美的时候，如果不掌握好火候，就不会达到赞美的最佳效果，也会让对方感觉到不舒服。

许多研究表明，人际交往中的喜欢与厌恶，接近与疏远是相互的，在一般情况下，喜欢我们的人，我们才会喜欢他们；愿意接近我们的人，我们才愿意去接近。而对于疏远我们，厌恶我们的人，我们的反应也是相应的，对他们也会疏远和厌恶。

"投桃报李""来而不往非礼也"，这种心理体验是大多数人都曾经历的，在现实生活中人们都在自觉不自觉地运用着这种交互原则，来平衡彼此间的情感，协调人际关系。

小刚大学毕业后分到一个单位工作，刚一进单位，他决心好好地积极表现一番，以给领导和同事们留下非常好的第一印象。于是，他每天提前到单位打水扫地，节假日主动要求加班，领导布置的任务有些他明明有很大困难，也硬着头皮一概承揽下来。

本来，刚刚走上工作岗位的青年人积极表现一下自我是无可厚非的，但问题是小刚此时的表现与其真正的思想觉悟、为人处世的态度和模式相差很远，夹杂着"过分表演"的成分。因而就难以有长久的坚持性。

没过多久，小刚水也不打了，地也不扫了，还经常迟到，对领导布置的任务更是挑肥拣瘦。结果，领导和同事们对他的印象由好转坏，甚至比那些开始来的时候表现不佳的青年所持的印象还不好。因为大家对他已有了一个"高期待、高标准"，另外，大家认为他刚开始的时候是"假装"，而"诚实"是我们社会评定一个人的核心品质。

美国社会心理学家阿伦森与林德请了许多被试者分四组来参加一项实验，其中一位被试者实际上是研究者的助手，亦即假被试者，研究者安排这名假被者试担当这些被试者们的临时负责人。在每次实验的休息时间，这名助手都会离开被试者们，到研究主持者的办公室向其汇报情况，其中会谈到对其他被试者的印象和评价，被试者们的休息室与研究主持者的办公室只有一墙之隔，虽然两人压低声音谈话，但是实验以巧妙的安排，让被试者们每次都能清楚地听到别人怎样评价自己。

具体有四情境：肯定，让第一组被试者始终得到好的评价：假被试者从一开始就用欣赏的语气说他们如何如何好，他如何如何喜欢他们；否定，对于第二组被试者，假被试者从始至终都对他们持否定态度；提高，对第三组，前几次评价是否定的，后几次则由否定逐渐转向肯定。降低，对第四组，前几次评价是肯定的，后几次则从肯定逐渐转向否定。

然后，研究者问所有被试者有多大程度上喜欢这个助手。让被试们者从-10到+10的量表上作答案，结果发现，喜欢程度的平均分：第一组的得分是+6.42，第二组为+2.52，第三组为+7.67，第四组为+0.87。

你肯定别人，别人也喜欢你；你否定别人，别人也不喜欢你。

研究者认为，前两组的表现说明了人际吸引中的"交互性原则"，即你肯定别人，别人也喜欢你；你否定别人，别人也不喜欢

你。对此，心理学家霍曼斯进一步发现和指出，人与人之间的交往本质上是一个社会交换过程。只有当一种关系对人们来说是值得的，人们之间的交往行为才会出现，人际关系才可以建立和维持。

这说明，人们对原来否定自己而最终变得肯定自己的对象喜欢程度最高，明显高于一直肯定自己的交往对象，而对于从肯定到否定变化的交往对象喜欢程度最低，大大低于一直否定自己的交往对象。也就是说，在人际关系中，我们最喜欢的是喜欢我们的水平不断增加的人，而最厌恶的是喜欢我们的水平不断减少的人。

后来，其他学者的实验研究也证明了这一点，并把这种现象称之为"人际吸引的增减原则或得失原则"。而阿伦森则幽默地称之为"对婚姻不忠定律"，意指从陌生人处所获得的赞许往往比配偶的赞许更有吸引力。因为后者在日久天长的岁月中对自己的喜欢程度逐渐降低，而前者由淡漠突然转向赞许，给人的印象十分深刻。所以说，人们的这一心理倾向中潜伏着对爱情不忠的可能性。

现实生活中，有些人很有心计，他并没有做什么事情，给你什么恩惠，却变着法子叫你对他感恩戴德。也有些人对这一心理效应还不甚明了，更不能做到自觉运用，做事虽然费力却不讨好。

在一家食品店里，顾客们常常喜欢排成长队在一位售货员那里购买食品，而别的售货员却无事可做，一天，店领导问她有什么诀窍。"很简单"，她回答说，"别的售货员称糖时，总是先装得满满的，而后往外取出，而我却相反，先装得少一些，过秤时添上一些，并随便说上一句：'我送你两颗，谢谢你光顾，欢迎再来。'这就是我的诀窍。"

其实每位售货员卖给顾客的东西在斤两上都是不多不少的，但是，如果先装多了然后往外取出，顾客会认为是从他的袋子里往外取，在心理上容易怀疑短秤；相反，如果先把糖装少，过秤时再往里添，顾客对售货员产生信任感，还认为自己占了便宜。

因此，我们要善于应用人际吸引的增减原则，在日常工作和生活中，尽力避免由于自己的表现不当所造成的他人对自己印象向不良方向逆转。二是在形成对别人印象的过程中，要避免受它的影响而失去客观公正性。

"己所不欲，勿施于人"，两千多年前中国古代先哲孔子所持的观点，被西方看做伦理道德的黄金原则或基本内容。确实，设身处地地为别人着想，自己不喜欢的，也不要拿去给别人，如果能够做到这一点，那么人与人之间，甚至国家与国家之间的许多矛盾冲突就可以迎刃而解。

用心理学分析，这种方法之所以有效，恐怕是基于以下两种理由：第一，假如开始就将某人贬低一番，给予最差评判的话，对方可能会变得很沮丧。但是过后再表扬他，从最差开始表扬的效果，其效率要比从没有任何评价的零点开始表扬高得多。从负数到正数的上升值越高，由此带来的惊喜也越大。第二，用预先贬低的方法，可以使人觉得，现在对自己的评价是真实的而不是奉承。

有时候作为集体中的小领导，你会发现有些人整日漫不经心，没有积极性，当你愤怒地一再批评他后，他没有丝毫的改变；当你心平气和，陈述利害，婉言相劝之后，他照样没有丝毫的改变。对于这种人，试试先抑后扬的赞美方法，可以进一步激发他内心深处隐藏着的廉耻之心，让他先知耻而后勇。其实在日常生活和工作的各个方面，我们都可以采用先抑后扬的方式，这样不但可以达到预期的效果，也会让被赞美者更加自觉地努力工作。

27 赞美要公平

生活中，我们经常可以听到这样一句口头禅：一碗水要端平。言下之意就是：你不能左偏，也不能右斜，一碗水端在手上，要不溢不摇，做到公平。其实，要做到一碗水端平并非一件易事，尤其在赞美他人时，一定要做到公平，这包括两层意思：对其他的人公平，对被赞美者本人公平。

赞美要公平，要求赞美者必须心正、心静、心纯、心宽。心不正必然导致行为不端，心不静则将造成心烦意乱，心不纯就会产生邪恶之念，心不宽必将使自己寝食不安。

我们先来看看下面的故事：

从前，有个私塾先生，在众多的学生当中，有这么两个学生，一个他非常的喜欢、器重，另一个却非常令他讨厌、反感。一天上课时，两个学生同时抱着书本睡着了，私塾先生进来看见了，二话没说，拿起教鞭狠狠地抽了那个令他很讨厌的学生两教鞭，然后指着那个他很喜欢的学生对他说："你看看人家，睡着了都拿着书本，而你呢，拿起书本就睡觉。"

显然，这个私塾先生对待学生是不公平的，也就是说他心偏，这导致的结果当然是学生的不服从。

在现代企业中，公平性是企业管理中一个很重要的原则，任何不公的待遇都会影响员工的工作效率和工作情绪，并且影响激励效果。取得同等成绩的员工，一定要获得同等层次的奖励；同理，犯同等错误的员工，也应受到同等层次的处罚。如果做不到这一点，领导者宁可不奖励或者不处罚。

在处理问题的过程中，我们一定要有一种公平的心态，不应有任何的偏见和喜好。虽然某些人可能让你喜欢，有些你不太喜欢，但在工作中，一定要一视同仁，不能有任何不公的言语和行为。

在法国，麦当劳的每个员工都处在同一个起跑线上。首先，一个有文凭的年轻人要当4~6个月的实习助理，做最基层的工作，如炸薯条、收款、烤牛排等，学会保持清洁和最佳服务的方法。第二个工作岗位则带有实际负责的性质：二级助理。每天在规定的时间内负责餐厅工作，承担一部分管理工作，如订货、计划、排班、统计……在实践中摸索经验。晋升对每一个人都是公平的，适应快、能力强的人晋升的速度就会快。

公正理论是由斯达西·亚当斯提出的，这一理论认为员工首先思考自己收入与付出的比率，然后将自己的收入—付出比与相关他人的收入—付出比进行比较，如果员工感觉到自己的比率与他人相同，则为公平状态；如果感到二者的比率不相同，则产生不公平感，也就是说，他们会认为自己的收入过低或过高。这种不公平感出现后，员工们就会试图去纠正它。

在公平理论中，员工所选择的与自己进行比较的参照对象是一重要变量，我们可以划分出三种参照类型："他人""制度"和"自我"。"他人"包括同一组织中从事相似工作的其他个体，还包括朋友、邻居及同行。员工通过口头、报纸及杂志等渠道获得了有关工资标准、最近的劳工合同方面的信息，并在此基础上将自己的收入与他人进行比较。

现实中，许多人受自私和偏见的束缚，对自己喜欢的人极力表扬，对不喜欢的人即使有了成绩也当作看不到，甚至把集体参与的事情归于自己或某个人，这样往往会引起其他人的不满，从而

激化了内部矛盾。

当你在赞美一个人的时候，对优秀和暂差的要一视同仁，不能歧视。因为他人一时的后进并不是全面的后进，你不能将他们忽视或是完全否定。要及时发现他们的闪光点，哪怕是细微的进步、大胆的设想、对问题的不同看法，都要及时给予肯定和表扬，使他们看到自己的成绩和进步，认识到自己并不比别人差，帮助他们克服自卑情绪，从而建立起工作的自信心。要平等对待身边的每一位朋友，让每个人都充满自信，让他们能正确地评价自己，不断取得进步。

如果你是一个小团体的核心人物，面对众多人需要树立自身的权威。所以，只有做到奖罚分明、公正廉洁才能保证他人安心工作。同时，公正、公平的作风也是令他人钦佩的前提。在遇到困难的时候，你千万不可自己先乱了阵脚，甚至临阵脱逃，让他人承担风险。这样的人必然失掉人心，自毁前程。

每个人都有几个自己特别亲近的朋友，或许你们经常在一起，无论玩乐还是合作，都十分默契，而且志趣相投。当你在赞美这些人的时候尤其要做到不偏不倚，把握好分寸，不能赞美过分、过多，也不要不敢赞美。

有些人对自己喜欢的人很会赞美，一有成绩就赞美，心情一高兴就夸奖几句，其他人一眼就可以看出你带有偏爱，甚至偏见，因而容易引起其他人的不满，而受赞美的人也会遭到其他人的排挤，从而不利于工作的开展。有的人怕别人看出与某个人的关系密切，因此不敢赞美，这也是错误的做法。其实，你喜欢某个人无可厚非，但在赞美和惩罚时要公平对待，该赞美的赞美、该批评的批评，不能搞差别待遇。

记得早些年有家中美合资企业，中美双方投资各半。美方总经理认为，要给员工激励，首先就要给员工"公平"的待遇，公平是最好的激励。但不幸的是，这里的"公平"所指的是依照员工各自的本土背景。在这样的思路下，来自美国的员工每人配备一辆私车，来自欧美的员工配一套别墅，而来自东南亚的员工则得到一套公寓，中方员工则依照原来的背景：挤公车、住公房……这样的"公平"其实是带有明显偏见甚至是歧视的，"美式文化"的激励方式，最终导致合资双方矛盾的激化，最后公司以终结收场。

因此，在激励过程中，万不可忽视公平这一重要因素，而且还应尽力提升大家的公平感。企业员工公平感是指员工对企业制度、文化及管理措施是否公平的感受。企业内不同成员的公平感存在着差异，探究企业员工公平感的提升途径，将对员工激励起着画龙点睛的作用。尽管分配公平、程序公平和交互公平的作用存在差异，但都是员工公平感的重要组成部分。

当众赞美他人会让他人产生一种心理满足，但是，过分的赞美或表扬不当会让当事人感到不安，而其他的人会产生强烈的忌妒心理。其实，当众赞美一个人让其他人产生一点忌妒和羡慕是正常的，关键在于要能切实把握好、引导好，把这种忌妒和羡慕的心理朝着有利于工作和团结的方向引导。

因此，在赞美一个人之前应先考虑是否会令当事人产生不必要的困扰，会不会引起周围人的忌妒等。同时，当众赞美一个人必须要说服大家，让其他人心服口服，这就要求你的话有理有据。只有做到有理有据才能起到教育和激励的作用。

总之，要当众赞美一个人时，应当坚持公平原则，给每个人以均等的机会，谁有了成就都应该赞美，这样才能营造一种公平竞争、努力向上的氛围。毕竟，竞争意识是人人都有的，人总是自觉不自觉地和他人进行比较，因此，即使在个别职员面前赞美他的同事，由于此种竞争意识和比较，后果也是非常严重的。作为领导，应该避免对不在场的人进行赞美，尤其不能将在场者同不在场者进行比较，褒扬不在场者，直接或间接地指出在场者的不足。这样的赞美

往往会起反作用。

　　赞美一个人时切忌褒一贬多，如果对某个人的长处极度赞誉，而对其他不具备此种长处的人倍加贬损，那将会严重地损伤众人的自尊心和对你的亲和力。这样的赞美不但收不到预期的效果，相反却会酿成赞美、被赞美者以及未被赞美的众人之间不应有的疏离。

　　每个人都有优点，找出对方的优点，然后进行赞美。心理学家说："希望得到别人的赞美是我们人类的基本需求之一。"大家都希望在工作场所里能获得别人的赞美，他们希望能有人欣赏他们，对他们微笑。一个人无论具有多大的才能，若无法满足其被赞美的欲望，他的工作积极性和创造激情便会被削弱。因此，你一定要学会去真诚地赞美每一个人，用尊重感染他，激励他。

 ## 背后赞美更鼓舞人心

　　赞美人的方法非常多，你可以当面赞美一个人，也可以背后赞美他。我们认为当面赞美一个人并非是最好的办法。有时，被赞美者会怀疑你赞美他的动机和目的。比如，被赞美者可能会这样想"是不是我做错了什么地方，他在安慰我，在为我打气？"增加赞美的隐蔽性，让不相干的"第三方"将你的赞美传递到被赞美者那里，可能会收到更好的效果。你可以在与其他人交谈时，不经意地赞美某个人很勤奋有才干。当那个被赞美的人从别人那里听到了你对他的赞美，会感到更加的真诚和可信。

　　透过他人的转述赞美某个自己欣赏的人会起到非常好的效果。透过他人的转述，除赞美当事人之外，也提醒转述的人要效法。运用赞美的一句话，鼓励当事人，提醒转述人。当被赞美的当事人，听到他人的转述，会更确认自己被肯定是事实。如果你能够充分地运用背后赞美来表达自己对被赞美者的关心和信任，就能有效地提高大家的工作效率。然而，并非每个人都懂得赞美的技巧。有些人虽然知道背后赞美他人的重要性，但却没有掌握赞美的技巧，有时甚至弄巧成拙。

工作中，因为分工不同，责任不同，很容易出现眼高手低的随便赞美，也有可能因为是"熟人"随口举例，令人不安，令其他听者摸不着头脑。除了直接赞美以外，还可以用其他的方法，比如通过赞美与对方有密切联系的人、事或物，来折射对一个人的赞美之意。赞美他人的人品时，要注意不要乱作比较，以免弄巧成拙。

《红楼梦》中有这么一段描写：史湘云、薛宝钗劝贾宝玉做官为宦，贾宝玉大为反感，对着史湘云和袭人赞美林黛玉说："林姑娘从来没有说过这些混账话！要是她说这些混账话，我早和她生分了。"凑巧这时黛玉正来到窗外，无意中听见贾宝玉说自己的好话，"不觉又惊又喜，又悲又叹"。结果宝黛两人互诉肺腑，感情大增。

在林黛玉看来，宝玉在湘云、宝钗、自己三人中只赞美自己，而且不知道自己会听到，这种好话就不但是难得的，还是无意的。倘若宝玉当着黛玉的面说这番话，好猜疑、使小性子的林黛玉可能就认为宝玉是在打趣她或想讨好她。

背后赞美就是当事人不在场时当着第三者的面赞美当事人，这种背后的赞美若被第三者传给当事人，除了能起到赞美的激励作用之外，更能让当事人感到你对他的赞美是诚挚的，这就更增强了赞美的效果。即便你背后的赞美不能传达给本人，第三者也会因你在背后赞美人而不是诽谤人而对你更加敬重。

同样的赞美，经由他人告知的赞美会比面对面地直接赞美效果会

更好。当面获得他人的赞誉是件愉快的事情，但常常会被对方想当然地视做社交辞令。而经由别人转告的赞美通常会得到被赞美对象的充分重视。因为我们更相信别人在背后对我们的评价更能体现他内心的真实想法，而且间接听来的赞美，还意味着第三者甚至更多的人也听到了同样的表扬，表扬的力量就被扩大了。

一般来说，背后的赞美，通过各种方式都能传达到本人。这除了能起到赞美的一般作用外，还能使赞美对象感觉到你对他的赞美是诚意的，是实事求是的，因而更能激发被赞美者的工作热情。因此，你想赞美某个人，不便当面提出时，可以在他的朋友或者同事面前将他称赞一番。这种赞美很快就能传递到被赞美者那里。

当众赞美的好处在于可树立榜样，激发大多数人的上进心。但它也有缺点，由于大家评奖，面子上过不去，于是最后轮流得奖，奖金也成了"大锅饭"了。同时，由于当众赞美容易产生忌妒，被赞美者就要按惯例请客，有时不但没有多得，反而倒贴，最后使奖金失去了吸引力。在外国企业里太多实行暗奖，老板认为谁工作积极，就在工资袋里加钱或另给"红包"，然后发一张纸说明奖励的理由。暗奖对其他人不会产生刺激，但可以对受奖人产生刺激。没有受奖的人也不会忌妒，因为谁也不知道谁得了奖励，得了多少。

愿意听好话，乐于受到赞美和肯定，这是人的一种渴望得到接纳和认同的正常心理需求。由于不是赞美在当面，这就避免了讨好、虚情假意的嫌疑，显得诚恳，尤其当这种背后赞美通过各种渠道传到被赞美人的耳朵里时，就会使当事人更加感到幸福、满足和愉快，并把这看做一种"家美"的外扬。

这种赞美来自背后，受赞美的人不在现场，所以不会认为是假情假意或讽刺奚落，这种来自背后的赞美，会使受赞美者感到真诚，受到鼓舞，感到振奋，会产生巨大的推动力。这种来自背后的赞美发挥了评价的激励作用，因此会收到意想不到的效果。

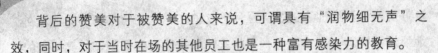

　　背后的赞美对于被赞美的人来说，可谓具有"润物细无声"之效，同时，对于当时在场的其他员工也是一种富有感染力的教育。

　　有一位员工与同事们闲谈时，随意说了上司几句好话："梁经理这人真不错。处事比较公正，对我的帮助很大，能够为这样的人做事，真是一种幸运。"这几句话很快就传到了梁经理的耳朵里，梁经理心里不由得有些欣慰和感激。而那位员工的形象，也在梁经理心里上升了。就连那些"传播者"在传达时，也忍不住对那位员工夸赞一番：这个人心胸开阔人格高尚，难得。在背后赞扬别人，能极大地表现说话者的"胸怀"和"诚实"，有事半功倍之效。比如，夸赞上司，说他办事公平，对你的帮助很大，还从来不抢功。那么，往后上司在想"抢功"时，便可能会手下留情。

　　当别人了解到你对任何人都一样真诚时，对你的信赖就会日益增加。我们在背后说别人好话时，会被人认为是发自内心、不带私人动机的。其好处除了能给更多的人以榜样的激励作用外，还能使被说者在听到别人"传播"过来的好话后，更感到这种赞美的真诚。

　　谁都会运用赞美这种方式，赞美也有多种形式，当众赞美，个别赞美，间接赞美。但真正把赞美当做一朵朵鲜花奉献给人们的人却不多，人的本性就是这样，人们对一些习以为常的事情并不认真思索。可以说赞美是人际沟通中最富魅力的方式之一，是打动人的心灵，激发人的情感，鼓励人的热情的极佳手段。

29 倾听
也是一种不错的赞美

　　多听少说的道理大家都知道，但是在生活当中，能够做到"善于倾听"的，真的是少之又少。朱元璋一介草民，为什么最终能够登上皇帝的宝座？单凭他的才能行吗？答案肯定是否定的。朱元璋府中那么多的幕僚，可以说，在他的成功路上起着不可磨灭的作用，从鄱阳湖打败陈友谅，到平讲消灭张士诚，再到大军北伐统一江山，朱元璋在作出大的决定之前，都把他的幕僚招到身边，仔细聆听他们的看法，并向他们征求意见。

　　而这一点，在朱元璋登基做了皇帝后表现得更为明显。他从做上皇帝的第一天起，每天就用一段固定的时间，在后花园邀请一些名人儒士，听他们讲解儒家学说，听他们谈论治国之道，听他们献言献策，每次朱元璋都认真地聆听。这种善于倾听，善于纳谏的日常规范，为朱元璋制定早日稳定江山，实现国家富强的政策提供了最真实的来源。

　　曾经有个小国到中国来，进贡了三个一模一样的金人，金碧辉煌，把皇帝高兴坏了。可是这小国不厚道，同时出一道题目：这三个金人哪个最有价值？

　　皇帝想了许多的办法，请来珠宝匠检查，称重量，看做工，都是一模一样的。怎么办？使者还等着回去汇报呢。泱泱大国，不会连这个小事都不懂吧？

最后，有一位老大臣说他有办法。

皇帝将使者请到大殿，老臣胸有成竹地拿着三根稻草，插入第一个金人的耳朵里，这稻草从另一边耳朵出来了。第二个金人的稻草从嘴巴里直接掉出来，而第三个金人，稻草进去后掉进了肚子，什么响动也没有。老臣说：第三个金人最有价值！使者默默无语，答案正确。

最有价值的人，不一定是最会说的人。老天给我们两只耳朵一个嘴巴，本来就是让我们多听少说的。善于倾听，才是成熟的人最基本的素质。

西方有句谚语：倾听是最高的恭维。英国学者约翰阿尔代说：对于真正的交流大师来说，倾听和讲话是相互关联的，就像一块布的经线和纬线一样。当他倾听的时候，他是站在他同伴的心灵的入口；而当他讲话时，他则邀请他的听众站在通往他自己思想的入口。

很多人都有这样的体会，一位因感到自己待遇不公而愤愤不平的人找你评理，你只需认真地听他倾诉，当他倾诉完时，心情就会平静许多，甚至不需你作出什么决定来解决此事。

善于倾听让别人感觉你很谦虚，同时你也会了解更多的事情。如果你缺乏这方面的能力，就多学一下朱元璋，立即去培养。方法很简单，只要牢记一条：当他人停止说话前，坚决不开口。

在日常生活中，我们时常会遇到一些侃侃而谈的语言高手，从他们的言语中好像他们非常合群，可为什么口水都说干了还得不到大家的认可呢？答案很简单：他忘了大家共有的一种人性：渴望被倾听。朱元璋却不这样，他善于纳谏，喜欢听取别人的看法，也懂得不能一人口水横扫朝廷，每次议事都留取空间让大臣们各抒己见，也就是这样，他赢取了臣子们内心的需要，也赢取了他们的人心。

善于倾听往往不仅仅需要一种技术，更需要尊重别人的修养和怀有虚怀若谷的心态。善于倾听不需要你说得多好，只要用耳朵，用心

去听，就已足够。

渴望被倾听是人的一种本性，在被认真倾听时，被倾听的人会感到被尊重的满足。朱元璋在听幕僚臣子纳谏时，总先说明，不管说得怎样，有无道理，一律无罪。而且每次都在他们说完后再来发表自己的看法，从不刻意打断。也许你不能提供给他一个解决问题的方法，你甚至什么都不用说，只是静静地听着。被倾听的人只是需要一个窗口，一个人性的、充满感情的窗口供他去抒发心中的郁闷。

一个女孩迷上了小提琴，每晚在家拉个不停，家里人不堪这种"锯床腿"的干扰，每每向小姑娘求饶，女孩一气之下跑到一处幽静的树林，独自奏完一曲。突然听到一位老妇的赞许声。老人继而说："我的耳朵聋了，什么也听不见了，只是感觉你拉得不错！"于是，女孩每天清晨来这里为老人拉琴。每奏完一曲，老人都连声赞许："谢谢，拉得真不错！"终于，有一天，女孩的家人发现，女孩拉琴早已不是"锯床腿"了，惊奇地问她有什么名师指点。这时，女孩才知道，树林中那位老妇人是著名的器乐教授，而她的耳朵竟未聋过！老者的倾听让小女孩的技艺飞速成长。

著名的跨国公司IBM有一套独特的推销手法：长长的队伍走上街头，推销员在前开路，吹吹打打大显身手，操作人员紧跟后面进行实际表演，极富感染力。沃特森为发掘人的潜力和调动他们的创造精神及献身精神，想方设法刺激员工为公司出谋划策和卖力干活。

为了稳定人心，他大胆采取了终身雇佣制，使员工有明显优于其他大公司的工资收入保障，还经常为员工提供丰厚的福利服务。为了保护员工的工作热情，增强员工对公司的亲近感和信任感，他广开言路，倾听各种意见和主张。还规定公司内任何人在感到自己受到压制、打击或冤屈时，可以上告。他亲自接见告状人，对有理者给予支持。他鼓励员工们工作中不怕失误和风险，为了公司敢于去承担似乎不可能完成的任务，敢去干一般人似乎无法办到的事。

管理中让员工说出意见，充分地满足其参加的欲望，就是对员工的一种赞扬，就能使员工产生强烈的参加意识，在不知不觉中，使工作态度和干劲逐渐好转起来。这一招对意志消沉，没有干劲的员工尤为管用。

真正有效的倾听，不仅仅是耳朵的简单使用，而是和嘴巴、脑袋有效的配合。倾听的要点是对某人所说的话"表示有兴趣"。如果发言者谈论的内容很无聊且讲话的速度很慢，我们可以转变自己的想法，设想倾听这场谈话或多或少都可以使自己获益，那么在倾听别人谈话时就会自然流露出敬意，这也是有礼貌的表现。

倾听是一门艺术，倾听的重点就是在对方谈话时聚精会神，全神贯注地聆听。运用倾听的方法是，你可以在适当的时候用恰当的方式提出赞美。

学会并善于倾听其实是很容易的事情，只要你用心，在别人讲话时，给予人以充分的尊重，那么你也将会得到更多的尊重，与人交流也会变得更愉快。

30 视成果的大小选用不同的赞词

赞美一个人的方式很多，语言也十分丰富，但是，要针对某个人的某件具体的事情说出合适的赞美之词也需要一定的技巧，你要学会视他人的表现及所做出的成果的大小选用不同的赞美之词。

在美国佛罗里达州奥兰多隶属迪斯尼公司的酒店，员工可以用一

张简单的便条发送感谢卡，也可以只是几句动听的话，但其中的意义却非同小可。

"感谢世界"是他们公司四十多个赞扬和奖励项目之一。这种赞美方式是，使用一叠球状彩纸，上面用各种语言写满了"谢谢你"的字样。每个公司员工都可以给其他人撰写感谢信并发给他们。这一项目大受欢迎，四年时间用了13万封这样的便条。

戴伦是个很懂得运用赞美方式与人交往的人。有一回，在公司的会议上，有一个同事提了一个报告，他的报告寻常无奇，现场也没得到任何掌声，散会后，戴伦和这位同事在厕所相遇，他对那位同事说："你刚才的报告很好，简单扼要，我很欣赏你！"

这位同事本来就不指望自己的报告能得到谁的注意，但戴伦的几句话，却让他心情愉快了一天。

每个与戴伦相识的人，都会很快与他建立友谊。戴伦也常对别的同事表示他的欣赏，碰到男孩子穿了新衣服，他会不经意地说："哦，真帅！"碰到女孩子换了新发型，他也会故意睁大眼睛说："原来是你，我以为是哪个美人来了！"可以想象的是，戴伦与公司里每一个人都相处得很好，而良好的人际关系也给他带来了很多便利。

很多人不去赞美身边的人的内在原因就在于：他担心他需要为这种赞美负上道德意义上的责任。因为在人的心理中，主动去赞美别人，可以获得好处，是一种投机行为，那就可能是一种"小人行为"，只有小人才可能会一心去讨好别人；不敢去赞美他人正说明了赞美者心中对于赞美别人的第一个反应，可能是"君子坦荡荡，小人常戚戚"或"君子之交淡如水"等。

抱有此种想法的人并不少，现实生活中，一些性格内向的人的想法尤其如此：害怕去做更多的进取的事，因为担心这种进取会造成道德意义上的责任。

告诫年青的朋友们，如果你的心中存有这样的误区，就属于多虑。世间的道德秩序早已确立。人们为追求和谐融洽的人际关系，早已经把赞美对方作为一种常用的、合适的交往方式使用在日常生活中。即便你不爱去赞美别人，别人也还是要赞美你。从这个角度说，你应该多多去赞美自己身边的人。既然你需要去赞美别人，那就应该学会赞美的技巧，将赞美应用得恰当而又得体。

在对他人进行赞美的时候，赞美的语言要自然、顺势，不必刻意为之，太刻意会显得另有所图，可能被赞美者不会领情，这样反而弄巧成拙。此外，也不必用夸张的语言赞美，这反而变成酸葡萄，有挖苦的味道了。最好用恰当的语言对他人表示你的看法，这种表示方法也比较容易造成双方情感的共鸣。

赞美要看对象。对爱漂亮的女孩你就赞美她的打扮；有小孩的母亲最好赞美她的小孩，慈母眼中无丑儿，赞美她的小孩聪明可爱准没错；工作型的女孩子除了外表之外，也可赞美她的工作绩效；至于男人，最好从工作下手，你可赞美他的脑力、耐力。

另外，用语不要太肉麻，能恰当地表达你的意思就可以了，而且也不宜太夸张，太夸张也会成为挖苦。一般来说，不错、很好、我喜欢之类的用词就够了。当对方有一点小表现，赞美他们两句，你一定能够收获他们的好感，因为他们平常欠缺的就是赞美。你希望周围的人喜欢你，你希望自己的观点被人采纳，你渴望听到真诚的赞美，你希望别人重视你……那么让我们自己先来遵守这条诫令：你希望他人怎么待你，你就怎样去对待他人。

不要想等自己需要或者干了大事业后才开始奉行这条法则，随时随地只要你遵循它，都会为你带来神奇的效果。每个人都有他的优点，都有值得他人学习的长处，承认他人的重要性，并表达由衷的赞美，就能化解许多冲突与紧张。如果你希望他人即刻喜欢你，那么诀

窍就是：尊重他人，让他人认为自己是个重要的人物，满足他的成就感。

如果你觉得身边的一些人好像不太喜欢你，经常给你一副难看的脸色，不妨用这种方法一试，肯定会收到很好效果。有好多人说，前几天还很灵，过几天又是一回事，其实这只能怪你自己没有坚持去用。要真心实意持之以恒，才能悟到其中的真谛。

有一个机长，经过了多年的飞行，当他退休时，机长决定要惊人地完成一个壮举——独自驾驶一架小型飞机，然后完成一次别人从来没有飞过的远航。

作为一名长期工作在第一线的机长，他非常受人尊重。当他起航的那一天，所有的鲜花和掌声都伴随着他。这时，来了一个衣衫褴褛的人，他向机长推销价格为一块钱的一种药水，机长拒绝了。推销者又告诉机长这种药水可以将海水变成淡水，然后可以直接饮用，机长认为与其飞行无关，且飞机上已经带足了淡水，因此他再次拒绝购买。

飞机起飞了，由于这是一个特别远的航程，所以也相应地难免容易出现一些意想不到的事故。非常不幸，在飞行过程中，飞机果真出了意外故障，而后机长死里逃生地跳伞后落到了水里。机长要生存，所以竭尽全力、拼命地游，刚好这时过来一条小船，他就爬上了这条小船，发现曾准备卖给他神奇药水的那个人在这个船上。这时机长特别想喝一些水，但是那个小船上没有淡水，只有海水。机长想起曾经有一种药水可以把海水变成淡水，于是，他询问船上的人，希望能用一块钱买到那种神奇药水。结果机长得到的回答是可以，但是此时的价钱已变为一千美金。

机长最终以一千美金买到了这种药水，然后用高价买到的神奇药水把海水变成了淡水，从而化解了他干渴得急想喝水却又找不到淡水的致命难题，机长划着小船到了岸上，活了下来。由于机长出事的消息已为很多人所知，于是许多人都早已在岸边等他。尽管船上很安全，但是机长希望回到社会环境里，希望成为社会的一分子，与别人沟通感情。机长回到社会后，鲜花、掌声、记者又随之而来，机长当时就发表讲演，决定修整三个月以后，重新起航。

当你与他人相处时，你一定要学会了解对方所处的具体需求层次，运用与他的需求层次最相适应的恰当的语言进行沟通。赞美他人时要注意把握被赞美者的特点，年纪大还是年纪轻？用词不可过于自来熟，否则会唐突，显得没有分寸。赞美时不要不懂装懂，乱加评论。要用心才能准确发现别人的优点。不用心或拿起话就说，都容易使我们的赞美成为讽刺。

不能犯的错误：用一句"有风度""有水平""很漂亮"赞美遇到的一切人，结果没有一个人认为自己受到了重视。相反，假如他恰好不那么漂亮，还会认为是受到了讥讽。不要吝于赞美他人，把你的掌声和鼓励不失时机地送给那些喜欢它的人。他们受到激励后，也会更加友好地对你，你也将可以得到更多的回馈。

人类行为有一条重要的法则，如果你遵循它，就会为自己带来无比的快乐，如果你违反了它，就会陷入无止境的挫折中，这条法则是："尊重他人，满足对方的自我成就感。"人们最希望自己能受到重视。哲学家们经过了多年的沉思，悟出了人类行为的奥妙，其实这不是一项新的发现，古圣先贤一再教导我们：己所不欲，勿施于人，己所欲者，亦施于人。但是在我们对他人施与赞美的时候，言辞却是可以决定整个赞美的效果的，所以你应学会视成果的大小选用不同的赞词。

承认对方动了脑筋
比承认成绩更重要

　　有一位县太爷，为了教化民心，计划重新修茸县城当中两座比邻的寺庙。公示一经张贴，前来竞标者十分踊跃。经过层层筛选，最后决定从两组人马中选：一组为工匠，另外一组则是和尚。县太爷说：各自整修一座庙宇，所需的器材工具，官家全数供应。工程必须在最短的时日内完成，整修成绩要进行评比，最后得胜者将获重赏。

　　话音未落，工匠团队迫不及待地领了大批工具以及五颜六色的油漆彩笔，经过全体成员不眠不休地整修与粉刷之后，整座庙宇顿时恢复雕龙画栋、金碧辉煌的面貌。

　　另一方面，却见和尚们只领了水桶、抹布与肥皂，他们只不过把庙宇原有的玻璃擦拭明亮而已。

　　到工程结束时，已是日落时分，正是评比揭晓的关键时刻。这时，从天空中照射下来的落日余晖，把工匠寺庙上的五颜六色恰好辉映在和尚整修的庙上。庙宇呈现出柔和而不刺眼、宁静而不嘈杂、含蓄而不外显、自然而不做作的高贵气质来，与工匠整修的庙宇形成了强烈的对比。

　　事实上，庙是一个净化心灵的场所，太过华丽铺陈，相反地将失去其真正的功能。和尚与工匠修庙境界的高下就不言而喻了。

　　和尚与工匠整修庙宇的理念迥然不同。和尚利用最简单的法则来驾驭最复杂的环境，用最少的资源创造最大的成效，用最无形的观念超越有形的物质。换句话说，他充分借用、活用及善用了别人的无形智能与资源。

思考是成长的唯一方法，人类的思考是证明人类是高级动物的特征。未来时代的竞争优势，已经慢慢从有形的资源移转到无形的智能上。因此，谁能够充分运用和开发自己与别人的智能，谁就是这个时代的最大赢家。

一个人经常面对问题去思考，那么他就会在思考中得到成长，在思考中找到工作的方法，在思考中感受到工作的快乐。当你承认他人真的动了脑筋时就是让他在工作中学会思考，也就是我们常说的"学会用脑子工作"。

让别人发挥能力，便是展现他人才能的魅力。常听到一些人这样说："这些人真笨！真没有办法！"管理专家却常提醒这些人：幸亏他们"笨"，否则您哪有机会当领导。但是，有的管理专家更直接指出："没有不好的员工，只有不好的领导。"

21世纪的工作发展，强调人才搭配、互补的应用原则及个人成就需求的满足。我们必须承认：每一个人在能力上都有不同的地方。我们要做的是发现个别差异，让他们的"特殊能力"能够得到充分发挥，这个能力，可能是组织能力、策划能力、表达能力、协调能力或执行能力等。

20世纪末，里根证明了一个事实：一个懂得并善于运用表现别人能力的人，不论他是谁都可以当领导者，甚至总统。而所谓领导者，就是要懂得让别人发挥其特殊能力。因为，懂得让别人发挥能力时，便是自己"组织能力"的显示。

某商业机器公司有一位高级负责人，由于工作严重失误造成了100万美元的巨额损失。为此，他非常紧张。许多人向董事长提出应把他开除，但董事长却认为一时的失败是任何企业家都会遇上的事，而只有经历过失败的企业家才会获得更大的成就。董事长相信如果

能继续给他工作的机会，他的进取心和才智可能超过未受过挫折的常人，因为挫折对有进取心的人来说是一剂最好的激励药。

第二天，董事长把这位高级负责人叫到办公室，通知他担任同等重要的新职位。这位负责人非常惊讶："为什么没有把我开除或降职？"董事长说："若是那样做，岂不是在你身上浪费了100万美元的学费？"后来这位负责人以惊人的毅力和智慧为该公司做出了卓越的贡献。

一位母亲给孩子五毛钱和一只碗让他去打酱油，这孩子到铺子里打好酱油后发现酱油装满一碗后还多一点点，为了不浪费，于是孩子把碗翻过来用碗底装下多出来的酱油高高兴兴地回家了，回到家里，母亲奇怪地问："为什么五毛钱才打这一点酱油？"

"这边还有呢！"孩子得意地把碗翻过来，于是将碗底的一点酱油也倒光了。

虽然男孩只拿回了很少的酱油，但是他当时却为了拿回更多的酱油动了脑筋，做母亲的只看到了少的结果，却没有问清状况，这就导致了最后的一无所有。

从这个故事中我们能得到什么样的启发呢？如果你是一名年轻的领导者，首先要尽量端正手下的态度，要充分调动他们的积极性，使他们竭尽全力工作。其次，要为他们安排适当的工作，以便将他们的努力转化为良好的成绩。因此，可以这样说，手下的人决定该方程式的前半部分，而你决定后半部分。

赞美他人也就是在增加团体的绩效，团体中的成员通常觉得整个团体的绩效与自己关系不大，积极性无法充分调动起来，因为他们看不到自己的努力与赞美结果之间的紧密联系。赞美似乎对他们的效果不大。

作为团体的领导者，你要确保策略适当、方向正确。如果结果令人失望的话，那么你理应承受痛苦，而不是让他人来承受。较好的解决办法是表彰和奖励手下人自己能完全控制的环节——他们自己的表现。表彰和奖励努力能充分调动一个人的积极性，增加管理的效果。高绩效是不能通过赞美来创造的，而是在有了高绩效之后，才会有值得赞美的东西。

但是，你要意识到，许多人会对你的激励和奖励产生怀疑或不满。他们会抱怨这种做法像哄小孩，并且感受到隐藏的威胁："如果你不对我唯命是从，就休想得到期望的好东西。"在这种情况下，激励政策产生的消极情绪比积极的多。

他人之所以会产生这么多的不满，主要原因可能就是你并没有赞美对方已经为某件事情动了脑筋，既然你看不到他的思考，他的思考就会受到限制，也就会在不断被忽视中停滞。所以，你既要学会赞美的技巧，也要看到他人思考的成果，并给予他们及时的赞美，这样被赞美者才会觉得自己的工作是被认可的，他们才会有更多的激情投注到工作中。

 亲手写一封表扬信

亲手给他人写一封表扬信，这是认可他人的一种形式。许多人大都吝于赞美他人做得如何，有些人将此归咎于缺乏必要的技巧。其实，赞美人并不复杂，根本无须考虑时间与地点的问题，随处随时都可以对他人的行为或成绩加以赞美。如在会议上或社会性集会上、午宴上或办公室里，在轮班结束或轮班前、轮班之中的任何可能之时都可以给予一句赞美的话，就可达到意想不到的激励效果。

　　一位领导发现，当成绩在员工们头脑中还很新奇的时候，赞美他会起到非常奇特的效果，赞美他的最有效的做法就是走到下属中间，告诉你的下属："这是一个令人激动的创意！""你做得太棒了，到时我要给你开庆功会"……要抓住任何一个立即传达的赞扬能带来积极影响的机会。

　　在必要的时候你不妨亲手给他人写一封表扬信，这会让得到表扬的人心里得到更大的激励。

　　格雪特·布鲁尼是冷冻集团的总裁，他总会在星期一的早晨查看集团的收据，然后就为业绩良好的管理人员和员工送去一封亲笔写的表扬信；还有，如果某个员工为公司立了大功，创造了很高的价值，他就会在公司提出表扬，或发电子邮件，以嘉奖这位功臣的成绩。布鲁尼创建这种企业文化的结果是：冷冻集团的员工周转率是行业平均值的1／4，销售额年增长20％～25％。2001年，他的集团公司被《财富》杂志评为"美国最佳公司"，这份殊荣很少颁发给做零售业的公司。

　　畅销书《奖励员工的一千零一种方法》的作者鲍勃·纳尔逊说："在恰当的时间从恰当的人口中道出一声真诚的谢意，对员工而言比加薪、正式奖励或众多的资格证书及勋章更有意义。这样的奖赏十分有力，部分是因为你在第一时间注意到相关人取得了成就，并及时地亲自表示嘉奖。"

　　某公司正在推行"客户感动计划"，与之相对应的激励措施就是"CD之星"的评选。这是一个全国范围内的、针对售后服务部门的奖项，一周评一次，现在已经评选了11位了。每个"CD之星"都能获得项目负责人的亲自颁奖。每次颁奖的时候，获奖员工的故事都会在全公司宣讲。

　　每次公司的领导者得知"CD之星"的获奖名单之后，都会给获奖者写表扬信，丝毫不吝惜地使用溢美之词，并且有时候还会写一些他在工作中的点滴。最开始只有一半人给予回复，慢慢地他发现回复的人多了。在回信中，他会发现有相同的内容：除了感谢我的关注以外，还会表示将来要做得更好。这正是这封信最深远的价值，说明领导者的表扬信确实起到了作用。

打动人最好的方式就是真诚的欣赏和善意的赞美。

韩国某大型公司的一个清洁工，本来是一个最被人忽视，最被人看不起的角色，但就是这样一个人，却在一天晚上公司保险箱被窃时，与小偷进行了殊死搏斗。事后，有人为他请功并问他的动机时，答案却出人意料。他说：他自认为是公司最不引人注目的员工，但是在不久以前，他接到了公司领导的表扬信，信中表扬他"你扫的地真干净"。只是一封简单的表扬信，就使这个员工受到了感动，并奋不顾身。这也正合了中国的一句老话"士为知己者死"。

在杭州华庭云栖度假酒店工作满两周年的员工，酒店就会组织一次忠诚聚餐，席间酒店管理层为员工斟酒倒茶，感谢员工的辛苦付出；一旦哪位员工受到客人的口头或书面表扬，总经理一定会亲自写表扬信感谢这位员工，以强化积极的行为。记得，在一次接待大型会议，任务繁重的时候，人力资源部经理看到几位员工得了感冒仍坚持工作，便特别嘱咐食堂为他们准备了营养午餐。其实，做这些事情并不需要多高的成本，而对被表扬者的影响却是无价的！多做些类似的对他人表示认可、赞赏的事情很容易激发他人工作的动力。

人人都需要他人的赏识与赞美，就像我们需要空气、食物和水一样。想一想，如果我们在打高尔夫球时，打出一杆进洞的漂亮美技，结果发现旁边一个人都没有，那是多么扫兴的一件事，这与表现出色却没有得到应得的赞美是同样的道理。

赞美是最有效的激励方式，这已经是一种共识。有的人说，自己的工作如果能经常得到他人的欣赏，他们就会感到自己被认可，工作

起来也会觉得很有意义。有时候别人只是走过来轻轻地拍拍自己的肩膀，说几句看似平淡的赞美话，自己也会很感动。

其实，认可他人的方法有很多，表扬信就是对他人的行为表示赞扬的信函。在表扬信中应反映他人的事迹与品质，这样的赞美无论怎样都不会过分。

百货巨头Nordstrom的一些商店会在开门前，通过店内的对讲机系统分享顾客发来的表扬信，以此表示对员工模范服务的认可。然后这些表扬信会被张贴在员工公告栏上以便所有人阅读。没有对讲机系统，可以试试在下一次员工会议上宣读这些表扬信，试试把它们贴在咖啡机附近。

这些看似微不足道的做法的确能起到很好的激励效果。比如你可以在信封里装一张小卡片送给表现优秀的人，当然卡片上也可以写上几句简短的感谢语。相信这样做会带来意想不到的效果。

亲手给他人写一封表扬信并不是什么困难的事情，只要你能够抽出一点点时间，就可以在不计其数的方法中，找到一个最适合的方法，通过一封简单的表扬信就能够表达出自己的心意。

 33 赞美别人没有想到
会受到赞美的事

对于利益高于一切的人来说，赞美可能是"只听楼梯响，没见人下来"，但对于追求上进的人来说，它却意味着鼓励。赞美别人没有想到会受到赞美的事，被认为是当今企业中最有效的激励方法，而这种方法的实行，只需要你能够及时地送出赞美。

法国企业界有句名言："爱你的员工吧，他会百倍地爱你的企业。"有远见的领导者从劳资矛盾中悟出了"爱员工才会被员工爱"的道理，因而用爱心对待员工，与他们像一家人一样建立"情感维系的纽带"。实践证明，这样的领导被员工认为更有人情味，他们受到员工的爱戴，员工也乐意为他们打拼。

赞美别人没有想到会受到赞美的事，这种做法正被许多有识之士应用到实践中去。我国古代的刘邦，就是很多领导者需要仔细研究的一个管理高手，刘邦是我国历史上第一个平民出身的皇帝。与"鞭挞天下，威震四海"的秦始皇相比，他的出身以及打江山的资本实在太微不足道了，他没有潼关、崤山之险，也没有关中、巴蜀之富，更谈不上有秦国的那样一支"铁血军团"。但就是这么一个甚至带有浓重"流氓"色彩与习气的刘邦，却击败了一个又一个强大的对手，让刚刚一统天下的秦朝二世灭亡，开创了汉家四百多年的基业。

这使人不禁想到比尔·盖茨告诫微软管理层的一句话：你不要觉得目前的微软有多强大，总在和当前的竞争对手比我们公司的优势，微软最大的风险在于那些看不见的对手，你不知道哪天就会从车库里冒出两个小子，把你打得一塌糊涂。

刘邦的成功依靠的是手下的将士，如果没有许许多多的将士为他奋斗，也就不会有后来的汉家江山。同样，当身处困境，需要周围的人帮助和支持你时，你就要学会关注、研究刘邦，你要研究自己如何才能像刘邦那样，利用好这些机会，"因时""因地""因人"地展开自己的竞争策略。

宝马特别重视员工的创造发明。作为世界汽车行业第一家设立"虚拟创新机构"的公司，宝马公司要求所有雇员和管理人员都要有创新思维，对员工的每一项建议都会仔细加以分析和论证，然后将其中适用性强的建议列入创新成果转化计划。

保曼先生举了一个例子：27岁的马库斯是宝马公司装配车间的一名普通员工。一年前，他向宝马"虚拟创新机构"提交了一项"驾驶体验"的革新建议。令他难以置信的是，几个星期后，他作为"发明人"被公司选派到"驾驶体验"革新计划中。一名27岁的普通员工的建议也可以得到公司的采纳，难怪宝马会成为德国"最受大学毕业生欢迎的企业"！"宝马最大的创新在于劳动力方面。"保曼先生说，公司一方面对每个成员都提出了很高的要求，同时也强调每个工作群体中成员之间的互相信任。这两个方面，是支撑宝马公司企业文化的两大支柱。公司鼓励每个成员要相信自己的能力，每个成员则要有勇气为公司带来"创造性的思想"和勇于面对纷繁复杂的局面。

宝马公司有句老话——"产品、技术都可以复制，但员工不能复制。"对员工进行终身培训，是宝马培养创造性员工的一个重要举措。

著名的企业家汤姆·彼得斯说过：领导者的最高级的一项工作就是让员工欢欣鼓舞。这句话的意思是作为一名领导者，首先应该做到的是能够留意员工出色的工作，并加以表扬。另外领导者也可以让自己的员工明确地知道对他们的期望是什么，他们怎样做才能获得奖赏，以此来促进员工的工作欲望，激发他们的工作热情。

赞美是进步的催化剂，但很多繁忙的人往往忽略了对身边人的赞美。当身边的人辛辛苦苦地帮助自己完成了一项艰难的任务时，说一句"谢谢"，只需要花不到一秒钟的时间，但有些人却会忘记说，甚至于认为别人为自己所做的一切都是理所应当的，这些帮助都是自己应得的。如果你能够在对待他人的工作上，首先发现他们的突出表现，并在他们意想不到的时候说出自己的赞美之词。这会让他人觉得，你是在时刻关注自己的，你看到了他们自己都没有想到会受到表扬的工作。所以他们的内心将充满感激之情，他们也会在以后的工作中更加努力地工作。

英国狮马公司董事长西夫勋爵经常到各个分店与员工谈心，并且每当遇到天气恶劣时，如大雪影响交通，他都要前往分店向坚持来上班的员工表示感谢。有人劝他打个电话就可以了，但西夫勋爵坚持认为，只有当面致谢才能充分表达高层领导对员工的感激和重视。

在美国，当别的经理都忙着同工人对立、与工会斗法的时候，国民收款机公司的创始人帕特森却探求出一条新路。他为员工在公司里建造淋浴设施，供员工使用；开办内部食堂，提供廉价热饭菜；建造娱乐设施、学校、俱乐部、图书馆等。别的经理对此做法十分不解，甚至认为是愚蠢的，而其结果是，这些投资都得到了回报，帕特森是正确的。

要成为一个成功的人，首先就要学会爱自己身边的人，尊重对自己提供帮助的人，因为爱是给予，所以永远不会失去。

作为一个团体的年轻领导者，你必须学会告诉他人他的工作对团体来说是多么的有价值。一个坚定有力的握手或拍拍肩膀，都会让对方感觉到您的感激，如果再加上一些意想不到的赞美，就会大大增强他们的成就感和信心，这会鼓舞他们做出更大的成绩。一旦得到如此的赞美，被赞美者也会持续地表现卓越。

34 重视和赏识他人 独有的才能是最好的赞美

当你需要对一个人进行赞美和表扬时，一定要注意自己的用语及表扬的内容，要特别提到对方所独具的那部分特性，也就是要重视和赏识对方独有的才能。如果你的赞美和表扬适合用于身边所有的人，这种赞美肯定会让被赞美者感觉不自在，甚至会引起他强烈的不满和反感。

从前，有一个小男孩，十分喜欢玩弹弓，总是把玻璃打碎。幼儿园的阿姨说他是"捣蛋鬼"，可他的妈妈却告诉他："宝贝，你射得真准！"并且给他买了靶子，让他练习。结果，小男孩刻苦练习，最后居然成了全国有名的射击冠军。

如果你在赞美和表扬他人时能像小男孩的妈妈一样，看到对方身上独有的才能，并及时地加以肯定，对方在以后的表现中就会不自觉地将自己这方面的才华表现得更加突出。

当遇到一种新事物，面临新问题、新挑战时，你不妨寻求身边人的建议，这时你会发现：他人的一个小小灵感会产生多大的效果——即使灵感来自那些与需求讨论的问题不存在直接联系的人。他人往往有许多绝妙主意，因为不同的人成长于不同的背景中，会从不同的角度来看待问题，能够大胆地提出相反意见，往往会使某个难题迅速得到解决。这说明你周围的人都是有着独特潜力的。如果说你还没有发现这一点，没有对身边的人的这些独特之处进行过赞美，你就失去了发现新主意的好机会。

"巨大的挑战"是GE血统中的永恒不变的基因。从某种角度上讲，GE"乐于"为员工设定"不可思议"的目标，挑战它们，为员工设定员工自己都无法想象的高度。

只要是GE认为具备领导潜质的员工，就会主动为其设计非常具有挑战性的工作，将其安排在各种不同的岗位上锻炼，而不管其是否有过相关行业、岗位与专业学习经验；这个岗位有时往往被员工认为自己根本没有能力做到，远远超出其目前能力与技能。GE最大限度地将员工的潜力挖掘出来，鼓励他们承担责任，去实现目标。等到目标实现了，许多员工会认识到：哇，我竟然能够胜任这个岗位啊！GE

就是这样通过充分授权，通过给予员工责任，激发员工的自信，挖掘员工的潜力，帮助员工取得成功。

在GE，那些平常自认为是"财务盲人""数字笨蛋"的医学、文科等专业的人却在GE的财务部门干得有声有色。只要GE认为员工有潜力，就会毅然将其安排放在这个岗位，给他挑战与压力，而不是等员工具备了岗位要求的所有能力之后再委之以重任，这样会使员工可以达到比其原来梦想、预计都高的高度与成就。

你应该像GE那样要善于挖掘身边每个人的资质，并加以赞美和利用。曾经有一位品牌化妆品公司的导购女生应聘到某旅行社工作，可能因为旅行社的工作氛围和商场的工作氛围不一样，这位员工起初不能融入集体，工作情绪低落。后来旅行社的领导知道她精通化妆，所以专门安排她给同事们进行了一次美容课。通过美容课，同事们在惊讶这位员工化妆知识丰富的同时，这位员工也得到了大家的认可，不知不觉就融入了集体。在以后的工作中，同事们都愿意与她交往，她在愉快的工作状态下，很快就能独当一面了。

IBM的创始人华特生的儿子小华特生，常常给员工讲这样一个故事：

一个酷爱自然的人每年10月都要去看野鸭南飞的景观。有一年，他大发慈悲之心，带了一大袋饲料，到那里的池塘边去喂养鸭子。没有多久，有些野鸭子不再费事大老远地向南飞，就在他喂食的池塘里过冬。后来这些鸭子越来越少向南飞了，三四年之后，它们变得又肥又懒，根本就飞不起来了。

讲完这个故事，小华特生说："人可以很容易地驯服野鸭，但要把驯服的鸭子再变成野鸭子就很困难了。"小华特生把这个故事在IBM翻来覆去地讲，他希望员工能领会并悟出常人也会有特殊的价值，在以保守和整齐划一闻名的IBM，亦能有雅量容纳桀骜不驯的好汉，才能成大事。

学会欣赏和重视他人而非一味地指责是一种非常高明的方法。当一个成员被领导者赞美的时候，他可以受到极大激励。作为领导者，需要首先以赏识的眼光对待自己的员工，并且让他知道。

据钱穆先生的《秦汉史》中研究，"商鞅变法"其重要者，如"费贵族世袭""制军爵"等诸项，东方诸国本属早已推行，商鞅不过携东方之新空气，至西方如法炮制，使秦人赶上东方一步，并后来者居上，所谓"新军国之创建，惟秦为最有成功焉"。也就是说，按"获敌首"多少，授予各级武功爵位的激励机制，并不是秦国所独有，比如离秦国最近的韩国，也早就有类似秦国的"制军爵"。这个在《韩非子》中就有记载，但为什么同样的激励机制，在秦国就可以大行其道，在韩国就没了效果呢？

人都有趋利避害的本性，试想一下当韩国的士兵在战场上遭遇到的是如狼似虎的秦国军团，"制军爵"还能发挥什么样的作用？同样是砍下敌人的脑袋换取"军爵"，是砍下剽悍的秦军的首级风险大、代价高，还是举手投降，待被秦军收编之后，掉头去砍下积贫积弱的其他六国军队的脑袋更合算呢？

据《史记—秦始皇本纪》中记载，秦王政十七年（公元前230年）攻韩，以摧枯拉朽之势，第一个就把韩国灭掉了。在此过程中，韩国军队几乎就没有什么像样的抵抗，连"慷慨悲歌之士"都没涌现一个。也就是说，"制军爵"的奖励政策，不但没有提高韩国军队的战斗力，反而趋利的心态让韩国军人连一点点"保家卫国"的斗志都荡然无存了！

由此看来，"重赏之下必有勇夫"这句话不是在任何情况下都管用的。同样，我们在管理上也必须做到"因时""因地"。

秦国的这种激励制度与现代企业对员工的短期激励行为有异曲同工之处。管理好一个团队，同样也要面对一个系统，需要明确的战略，需要独特的经营模式，需要合理的流程和制度建设，需要优秀的人力资源，需要健康的团队文化，等等。绝不是一个简单的激励机制就可以制胜的。

作为一名未来的管理者，你必须学会激发他人的内在斗志，也就是激发出他人所独有的才能。有的人看似平凡，其实他们头脑中所想的却并不是那么的简单。每个人都拥有各自不同的经验和经历，他们会从不同的角度看问题，如果他们的这种独特才能在表现出来时得到及时的赞美与肯定，相信会给团队带来巨大的不可估量的收益。所以，从现在起，我们应该做一个善于发现他人才能，并懂得如何去赞美他人的人。

赞美是一种行之有效的交往技巧，它能够有效地拉近人与人之间的心理距离，使彼此迅速地产生沟通的愿望。美国有一位心理学家指出："渴望被人赏识是人最基本的天性。"既然渴望被赞美是人的一种天性，那我们在工作中就应学习和掌握好这一智慧。学会赞美他人会让你大受欢迎，这无疑对你以后的职场发展大有好处。

 35 赞美需要阳光语言

我们的生活中充斥着语言暴力，有时候，即使是赞美表扬，也使用暴力性语言。其实，真正的赞美，应该是带给人阳光一样的温暖的。

所谓语言暴力，就是使用谩骂、诋毁、蔑视、嘲笑等侮辱歧视性的语言，致使他人的精神上和心理上遭到侵犯和损害，属精神伤害的范畴。而低龄语言暴力，就是限定了施暴者或受暴者是青少年。很多情况下，语言暴力源自不平等的相互关系，受害者通常缺乏自卫的能

力，未成年人遭受的语言暴力就属于这一类。

语言软暴力危害社会和谐。人类是通过语言文字形成社会的，进一步说，人类是通过和谐的语言文字达到和谐社会境界的。而当下，人际语言的不和谐与使用不当已成为民间冲突的重要导火索。

语言暴力有显性和隐性之分。显性的语言暴力，即一个人所用的语言在意义上的暴力指向明确，多以语言的攻击性强为体现。骂人的语言就属于显性。"骂"是否定性语言的极端形式。否定性话语还要配以激烈的音调，而这音调反过来又促使语言的粗暴不断升级。

隐性的语言暴力，其内容未必涉及暴力因素，但它的使用者试图强行将自己的意志施加给他人，因而这种语言总是作为一种"公开的独白"而取消了倾诉和对话。所以，隐性的语言暴力往往是在思维逻辑上玩花样，因而更为隐蔽，更难察觉。

和谐社会从和谐语言开始，不实现语言和谐，就没有日常生活的和谐，而要实现和谐的人际语言，则需要社会各方面共同努力。

语言暴力正在困扰着学校中的孩子们，且语言暴力的伤害比体罚"杀伤力"更大！体罚伤害的是学生的身体，而语言暴力伤害的是学生的精神和心理。体罚的伤痛对学生可能是短暂的，但语言的伤害却是长久的。语言暴力不仅侮辱了学生的人格尊严，使学生失去学习的信心和兴趣，严重的还会导致学生产生心理问题、丧失生活勇气、自伤自杀、违法犯罪等严重后果。

语言暴力是把杀人不见血的刀，不仅侮辱了学生人格，损伤孩子的自尊和自信，摧残学生心理健康，造成师生对立情绪，影响教学效果，而且还导致学生心智失常，丧失生活勇气，引发厌学、逃学、违法犯罪、自杀等严重恶果。

有一个14岁的男孩，上初二时他就往老师背上甩钢笔水，这个老师就过来训他，最后一句话说，你是人渣，人渣啊，在班上啊。结果那个14岁的男孩子，回家就上吊自杀了。

2003年4月12日中午，重庆市一所中学初三（4）班学生小婷（化名），突然从学校教学楼八楼档案室外半人高的栏杆上跳下来，重重地摔在楼下水泥地上，永远地离开了人世。公安人员在死者身上发现了遗书，上面写着："汪老师你说得很对，我做什么都没资格，学习不好，长得也不漂亮，连坐台都没有资格。你放心，我不会再给你惹事……"

据小婷的爸爸回忆，事发前晚，小婷学习到接近零点才去睡觉。当天早晨闹钟没有响，孩子醒来已经八点多了，连早餐没吃就匆匆地赶往学校。小婷耽误了第一节课，第二节课汪老师把小婷叫到了办公室。据事后在现场的老师和学生回忆，汪老师将小婷叫到办公室整整一个小时，用木棍打小婷，责骂她："你不看看你自己，又矮、又丑、又肥……连坐台的资格都没有。"中午悲剧就发生了。

虽然后来当地教委正式下文给予汪老师撤销教师资格的行政处罚，法院公开开庭审理后也认定被告人汪老师犯侮辱罪，但有什么比生命更珍贵呢？

语言暴力，除了导致学生自杀等极端行为外，拒绝上学、离家出走的也不是极个别现象。一位初中生因被同学嘲笑"你也懂足球""你说的是上个世纪的事情"，而患上"学校恐惧症"，拒绝上学……

语言暴力，不仅是学生的悲哀，也是教师的悲哀，更是素质教育的悲哀！现在是向任何形式的"语言暴力"说不，让"语言暴力"走开的时候了！

要拒绝学校语言暴力，必须明白语言暴力的类型：辱骂型、贬损型和恐吓型三类。

辱骂型语言："蠢""滚""人渣""傻瓜""神经病""坏蛋""笨蛋""讨厌""白痴""别给脸不要脸""连只猪都不如""吃人饭不干人事""装什么孙子啊""整天跟白痴似

的""长着眼睛出气呢""耳朵聋了"等。

贬损型语言："我一看见你就不高兴""就你给班里丢脸""你写的什么作业啊""最后一名""没出息""就你这父母离婚没人管的，大了也出息不到哪去""你爸妈是近亲结婚吧""你们还不如女生呢""这孩子无可救药了""这孩子不是读书的料""你精神不正常啊""我当这么长时间老师还没有见过像你这样的笨蛋""真是笨得没法治了""你要是能学好，太阳从西边出来，公鸡会下蛋""我现在都成养猪专业户了，教了一群蠢猪""一辈子没出息"等。

恐吓型语言："再不好好学就不让你上学""再不听话就叫你的家长来"等。

调查发现，不少小学生受到老师的语言暴力后，会感到非常不高兴、很伤心、很难过、伤自尊、没有自信，程度严重的小学生会害怕老师、不爱和同学交流、情绪很低落。一名小学生竟用"我很讨厌老师""心里恨老师"来形容自己当时的感受。

北京青少年法律援助与研究中心近日公布的"教师语言暴力调研报告"显示，48%的小学生、36%的初中生、18%的高中生表示，老师在批评自己或者同学时使用过这样的语言。

"中国少年儿童平安行动"组委会最近对学生做了"你认为最急迫需要解决的校园伤害"专项调查，调查结果表明，81.45%的被访学生认为校园"语言伤害"是最急需解决的问题，而实施"语言伤害"的往往与老师相关。在老师看来一句无关紧要的话，就有可能对孩子的心理产生持续阴影，从而影响孩子的自尊，严重的可能导致孩子心理疾病。语言的"软刀子"充满忽视和冷淡，据称我国目前中小学生心理健康问题严重，约3000万未成年人处于心理亚健康状态，其中，中小学生心理障碍患病率为21.6%～32%，其原因都与这种软伤害密切相关。

如何拒绝学校语言暴力呢？教育部门要有针对性地制订一些"教师忌语"，把此列为师德考核的重要内容，同时全方位推进素质教育。教师要不断加强自身修养，遇事冷静，善于克制，始终保持宽广的胸怀，和蔼、友善、热忱、耐心和平等地对待学生，让讽刺、挖苦等"语言暴力"远离校园！推行《阳光语录》不失为上策。作为教师，应该把学生喜欢听的21条《阳光语录》牢记在心。

1. 对自己要有信心哦！

2．这几天你进步了。

3．大胆去做吧，做错了可以改。

4. 加油，赶上某某某！

5．你是很聪明的。

6．做得太好了，你真能干！

7．这个事交给你，我很放心。

8．能帮老师个忙吗？

9．我们班你是最棒的！

10．老师喜欢你。

11．爸爸妈妈为你自豪！

12．我很体谅你现在的心情。

13．不舒服的话随时和我说。

14．有什么困难找我！

15．要注意休息啊！

16．办法总比困难多。

17．我喜欢你的笑容。

18．我对你很有信心。

19．我相信你一定能赶上来，加油啊！

20．孩子，只要你努力，不灰心，一定行！

21．做错了没关系，重要的是认真。

　　河南省内乡县教师进修学校张国星认为，作为教师应该关注语言暴力对未成年人的影响和伤害，规范文明用语，正确引导未成年人的言行举止；学校应该建立对教师语言暴力的有效投诉机制和有效监督机制，从制度上杜绝教师的语言暴力，将语言暴力纳入对教师的考核范围。同时倡导用阳光的褒奖方式来教育学生，这应该成为我们广大教育工作者的义务。

后 记

    青少年虽然大部分时间都生活在家庭、学校的保护之下，但现在总不可避免地需要处理生活中的各种关系，将来更要独自走进社会，处理自己为人处世遇到的各种问题。因此，要让青少年尽早学会处世智慧，学会在不同的场景中合理地赞美他人、拉近关系；能够对不合理的行为进行巧妙的批评；可以为自己的错误承担责任、诚挚道歉；敢于、巧于拒绝各种不合理的请求、诱惑。这些本身就是提升青少年综合素质的重要方面，更是增强青少年独立能力、人际交往能力、适应能力和学习能力的直接体现。

    赞美能给人以鼓励和自信，一个人既不要吝于赞美，也不能滥于赞美。成功的人都认为：要使别人能信任自己，最有效的方法就是赞美他们，使他们认识到自己的能力和赞美者对他们的重视。一个人有了成绩，就应该被公开赞美。这种行为不仅是一种慷慨的表现，更重要的是你可以通过赞美激励这个人做出更大的成绩。

    赞美常比建设性的批评更有效。虽然，直接的批评似乎更能触动他人的心灵深处，但同时会极大地伤害到一个人的感情，从而不能起到帮助他们的作用。正确的方法是：先对他的某些成绩做出肯定，在此基础上再指出不足和应注意的问题。这样会起到非常显著的作用，比一味地批评更有效。

    对犯错的人，不要害怕批评，批评能帮助犯错的朋友更好地成长。批评的难处，在于什么时候该公开批评，什么时候该个别进行；在于什么时候加重批评，什么时候从轻处理；在于什么时候只批评主要责任人，什么时候可以一网打尽……

    不同的批评方法，必然带来不同的效果，也必然带来不同的舆论与心理反应，带来个人与集体工作状态的变化和工作效率的变化。

有意或者无意间，我们总会伤害一些人的利益、感情或者尊严。这时候，不会道歉，不但做不成朋友，反而可能成为敌人。有道是"知错就改"，人不怕犯错误，却怕不承认过失，明知故犯。在人际交往中，倘若自己的言行有失礼或不当之处，或是打扰、麻烦、妨碍了别人，最聪明的方法，就是要及时向对方道歉。

人生在世，孰能无过？所以我们人人都应该学会道歉。衷心道歉不但可以弥补破裂的关系，而且还可以增进感情。道歉的方式各种各样，学会道歉，学会有效地道歉，是我们处理好人际关系，增进感情的必然选择。

面对别人的请求，我们总有不情愿的时候，委屈自己成全他人有时候是好事，有时候却贻害无穷。学会拒绝，善于说不，是人成熟的标志，是一个人自立自主、重视维护自己权益的表现。

拒绝，就是不接受。拒绝既可能是不接受他人的建议、意见或批评，也可能是不接受他人的恩惠或赠与的礼品。从本质上讲，拒绝亦即对他人意愿或行为的间接性否定。在人际交往中，有时尽管拒绝他人会使双方一时感到尴尬难堪，但"长痛不如短痛""当断不断，自受其乱"，需要拒绝时，就应将此意以适当的方式表达出来。

总之，学会赞美可以让你在人群中如沐春风，学会批评可以让你赢得一生真正需要的诤友，学会道歉可以让你更轻松地生活处世，学会拒绝可以让你避免各种不可预知的麻烦。

这套"青少年处世智慧丛书"的策划、组稿、创作和完稿，经过了很多朋友的努力，在此一并提出感谢，他们是：罗莎、门淑敏、周莹玉、周秀丽、王正、王盛和、王开道、于海、李雷、李建生、李英才、唐泉清、任康宁、田纯、洪穆山、赵峻、赵哲、张万国、张宁、张信义、于威、戴克难、艾欣颜。

编者

2009年5月

图书在版编目(CIP)数据

生活中赞美的艺术/罗莎，门淑敏编著.—北京：中国时代经济出版社，2009.6
（青少年处世智慧丛书）
ISBN 978-7-80221-885-7

Ⅰ.生…　Ⅱ.①罗…②门…　Ⅲ.人间交往-语言艺术-青少年读物
Ⅳ.C912.1-49

中国版本图书馆CIP数据核字(2009)第080361号

青少年处世智慧丛书

生活中赞美的艺术

罗莎　门淑敏　编著

出版者	中国时代经济出版社
地　址	北京市西城区车公庄大街乙5号
	鸿儒大厦B座
邮　编	100044
电　话	(010)68320825（发行部）
	(010)88361317（邮购）
传　真	(010)68320634
发　行	各地新华书店
印　刷	北京市鑫海达印刷有限公司
开　本	787×1092　1/16
版　次	2009年6月第1版
印　次	2009年6月第1次印刷
印　张	10.25
字　数	130千字
印　数	1～5000册
定　价	24.00元
书　号	ISBN 978-7-80221-885-7